異世界でスロ～ライフを願望
いせかいで すろーらいふを (かんぼう)
I have a slow living in different world (I wish)
著：シゲ【Shige】
イラスト：オウカ【Ouka】

イツキ
ソルテ
レンゲ
シロ

ミゼラの快気祝い

ドゴーン！と、何故か爆発音が聞こえ、
それと同時にわたあめ機が爆散してしまった！
爆発するような素材は使っていないはずなのだが、
無残なまでにパーツを四散させて煙を上げるわたあめ機……。
沈殿していたのか大量の飛散した液状のザラメが
俺にもミゼラにも結構かかってしまった……。

著：シゲ【Shige】
イラスト：オウカ【Ouka】

7

異世界《いせかい》でスロ～ライフを（願望《がんぼう》）

I have a slow living in different world (I wish)

異世界でスローライフを〈願望〉

7

I have a slow living in different world (I wish)

CONTENTS

序章	ユートポーラからの帰り道	003
第一章	俺の家が……	015
第二章	魔法適性	035
第三章	対獣人無双	057
第四章	お茶会のお客様	091
第五章	ハーフエルフの少女	122
第六章	これから	173
第七章	弟子が出来ました	236
最終章	お祭りまであと僅か	271

序章　ユートポーラからの帰り道

温泉街ユートポーラ……色々ありはしたものの、総じて評すると楽しく過ごせて疲れも癒せて大満足だったな。

急遽《きゅうきょ》呼び出してしまった隼人《ハヤト》は急いでダンジョン探索に行かねばならなかったので元にいた場所にすぐに送り、隼人には迷惑をかけたと謝ったのだが、ダンジョンのある街でポーションや食料調達等が満足に出来ておらず、俺が供給すると助かりましたと言ってくれた。

おそらく俺への気遣いだと思うが、まだ若いのに気遣いまで出来るなんて、やはり隼人は男の俺から見ても良い男だな。

真《マコト》には早合点には気を付けろよと言いつつ別れを告げた。

まあ、あの男は美香《ミカ》ちゃんや美沙《ミサ》ちゃんが付いているのなら引っ張られるように、いずれは隼人のような良い男になるだろう。……多分。

で、二組と別れた俺達《たち》はアイナ達の踏破した高難易度クエスト『闇洞窟の主』での疲れが癒えるまでゆっくりとした時間を過ごし、昼間は近場で軽いクエストに行ったり街の散策、観光名所と呼ばれている万年雪原地帯なども見て回った。

勿論《もちろん》出来たばかりの温泉付きの別荘では皆で混浴をしっぽり楽しみつつ、温泉街ユートポーラを満喫したのだった。

名残惜しさを残しつつも、そろそろ戻らないといけなくなり、空間魔法の転移スキルでいつでも来られるとはいえ、理想のスローライフがあったユートポーラに後ろ髪を引かれながらアインズヘイルへと帰る道中のこと。

ユートポーラ周辺に生息している魔物であるスライムの素材を大量に確保すべく、馬車を止めてアイナとシロがスライムを狩りに行き、レンゲが外で見張り、ウェンディは気持ちいい気候のせいかうとうととまどろんでいた時のことだ。

「あっ……主様《あるじ》ぁ……駄目ぇ……」

「ここが弱いんだな……」

ソルテの弱点を発見し、そこを執拗《しつよう》に攻めていく。

「あっ、あっ……そこっ、何度もこすっちゃ駄目だってばぁ……あっ！」

「でもソルテ、気持ちよさそうな顔してるぞ？」

駄目とは言いつつ、頰を紅《あか》くし、潤った瞳でありながら気持ちよさそうに顔を蕩《とろ》けさせているソルテ。

「本当に……駄目なのぉ……感じすぎちゃって、んんっ、はぁ……」

「じゃあ止《や》めるか？」

「やぁ……意地悪しないで……」

了解、っと今度は意地悪をしないでソルテがもっと気持ちよくなるように攻めていく。

「あん……っ。主様……上手《うま》すぎ……んっ……これで一体どれだけ誑《たぶら》かしてきたのよう……」

「んんー……覚えてないな。でも、皆ソルテのように腰が砕けたみたいにがくがくしてたぞ」

そしてその後は俺に救済を求めるように縋《すが》り付いてくるのである。

それがまた可愛《かわい》いのだが、今度は優しくなでてあげると安心したように眠ってしまうことが多かったな。

「それはそうなるわよぉ……。んくっ……もうダメ、頭馬鹿になりそう……ああんっ！」

「どーら。そろそろ仕上げに……」

「いい加減にするっすよおおおおお！」

荷台の端にある閉じていた布を豪快に開いて大声を上げるレンゲ。

あーあ。近くで寝ていたウェンディがはっとして起きてしまったではないか。

可哀想《かわいそう》に、さっきまで気持ちよく寝ていたというのに……。

「あうー……おふぁようございまふ……」

「はいおはよう。まだ出発しないから、寝てていいよ」

「ふぁい……おやふみなふぁいまへ……」

どうやら完全覚醒にはならなかったようだ。

またすぐにすぅすぅと気持ちよさそうな寝息をたてて眠ってしまうウェンディからレンゲへと視

線を向け、しーっと人差し指をたてて注意した。

「いや、しーっはご主人というか、ソルテの方っすからね？　何をあんあんあんあん喘《あえ》ぎ声を出してるんすか。昼間から馬車でヤッちゃう程発情期なんすか！」

「喘……違うわよ！　尻尾よ尻尾！　あんたも主様にやってもらったことがあるんだからわかるでしょ！」

「あー……そっちだったんすか……。それにしても、今日は一際声がでかかったっすよ？」

確かに少し大きかったかな。

凄《すご》く気持ちよさそうにしているので俺としては嬉《うれ》しい限りだったのだが……。

「え、嘘《うそ》。そんなに声出てたの？」

「そりゃあもう。通りすがりの冒険者が自分達の馬車を遠巻きにして過ぎ去るくらいにはでかかったっす。恥ずかしかったっすよー……自分達、これでも冒険者の中じゃそれなりに有名なんすからね？　嫌っすよ帰ったら『闇洞窟の主』をクリアした紅い戦線《レッドライン》！　じゃなくて、どこでもあんあんする紅い戦線《レッドライン》として見られるなんて！」

「それは……悪かったけど。レンゲもされてみればわかるわよ。もうね……主様には持たせちゃいけない物を持たせてしまった感じよ。主様専用の武器よ武器。対獣人最強の武器を主様は持っちゃったのよ」

「武器……？　隼人から貰《もら》ってきた奴《やつ》っすか？」

全部を貰ったわけじゃないよ？　気に入った物は差し上げるとは言われたけど、まだ選んでいる状態だし……。

あと、ソルテの尻尾にそんな武器を使う訳ないだろう。

「そっちじゃないわよ。これよこれ！」

ソルテが俺の手を取り、レンゲに見えるように掲げたのは木製の櫛《くし》である。

『峰榛《みねばり》の櫛　器用度（小）　指先の達人』

温泉館を作ってくれた親方が、地元であるアマツクニで本来作っている物と思われる櫛だ。

本人は櫛ばかりを作らされて嫌気がさしていたようだが、この出来ならば誰もが求めてしまうだろうと納得してしまう。

今使っているのは尻尾用だが、髪用も勿論あり、それも頂いているのだ。

アクセサリーというわけではないのだが、道具として能力がついている時点で親方の腕のよさを物語っているよな。

『指先の達人』は、DEX《デクステリティ》に応じて効果が増すという、DEXの高い俺にはぴったりの能力だ。

これにより、櫛で梳《す》かれた際にまず引っかからなくなり、気持ちよさがぐっと増すというまさしく素晴らしいアイテムだった。

「櫛くらいでそんな変わる訳ないじゃないっすかー。ソルテたんがエッロエロだからご主人に触れられてエッロエロになっただけじゃないんすかー？」

馬鹿にしたように笑うレンゲに、ソルテは激昂《げきこう》することは無く憐《あわ》れみの目を以《もっ》て返している。

「そこまで言うなら代わりなさいよ……。あんたもエッロエロではしたない声を上げるに決まってるんだから」

「はっはっはー！　自分は鍛え方が違うっすからね！　ソルテと同じようにはならないっすよ！　はいご主人！」

俺の前に来て四つ這《ば》いになり、お尻を尻尾ごと突き出しながら体を伏せるレンゲ。

ホットパンツでお尻を突きだしたことにより丸いお尻の形にぴったり沿うように布地がぴんと張られ、そこから二本の極上の太ももが顔を出す。

更には尾てい骨の少し上のあたりからレンゲのモフモフの尻尾が生えてこちらを挑発するように小さく振られており、その下のホットパンツの隙間からは下着が若干見えているのだが……今日は尻尾だ。

「へいへーい！　ご主人早くっんびゃ！」

調子に乗っていたところを尻尾に手を添えてまずは軽く一撫《ひとな》で。それだけでレンゲの先ほどまでの余裕は奪われ、体をこわばらせて固まらせてしまった。

「こ、これは、なかなか……んふぅ……ひっ……あん……んっ、やばっ、んふぅ……ああっ……」

ぷるぷると四肢が震え、少しずつレンゲの口数が減っていき漏れ出すのは吐息と、小さな喘ぎ声。

出したくて出しているわけではないのだろうが、この快楽からは逃れられまい。

「あんたねえ……なんで一回主様の洗礼を受けたことがあるくせに、自信満々だったのよ……」

「だ、だってぇ！　ひぃん！　あれから、ずいぶん時間も……あっ、やばぁっ、あっあっ……やぁ、激し……っすぅ……っやばい……これは、やばいっすぅ……」

やばいしか言ってないな。

「でしょ？……というか、レンゲもいやらしい声を出してるじゃない」

「っぁ！　も、申し訳なかったっす……。ん、はぁ……これは、無理っす……声、我慢できな……あぁっ！」

徐々に尻尾が整っていくと、レンゲの声がうわずって息も大きく荒くなっていく。

いつの間にか尻を上げ、顔を床につけてよだれを垂らして恍惚《こうこつ》とした表情を浮かべているレンゲ。

「レンゲのはソルテともまた違って楽しいな……。ソルテのさらっと流れるようなさわり心地も好きだけど、レンゲのもふっと埋まるような感触も気持ちいい」

「そ、っすかぁ……？　ぁ……駄目っすよそこは……あぁ……駄目……」

くねくねと腰を動かして逃げようとしているのだろうが、尻尾はむしろ当ててくれといわんばかりに押し付けられている。

くくく、どんどん綺麗《きれい》にしてやろう！

腰が浮き、徐々に桃色吐息が混じるようになってきたレンゲの尻尾を無遠慮でありながらも優しく梳いていく。

時に素早く、時にゆっくりと焦らすように、その都度レンゲが敏感に反応していく様を堪能しつつ、もふもふを堪能するというスペシャルな時間だ。

「あぁぁぁ……もう、駄目駄目駄目っす……っ！　ん、あぁ……っっっ！」

尻尾の先まで、きっちり丹念に手入れを終えた俺は、床に力なく伏せてびくびくと震えているレンゲの体ににじんだ汗を拭いていく。

「はぁぁ……はぁ……こーれは……やばいっすねぇ……。ご主人に、持たせちゃいけないものっす……」

「良かったか？」

「良すぎたっす……。気持ち、良すぎてがくがくしたっす……」

「ならよかったよ。ほら、腰上げて」

「んっ！　んーっ……！　あはは、力はいんないっす……」

動こうとする意志は伝わってくるのだが、眼前でお尻を振っているようにしか思えず、誘っているのかと聞きたいところなのだが、おそらく腰が抜けているのだろう。

仕方ないのでホットパンツの隙間やシャツの隙間から手を入れて体を拭いていくことにした。

「あははは……お尻触られてるっすー」

「拭いてるだけだよ。触るってのはこういうのだ」

どさくさまぎれにレンゲのお尻を鷲掴《わしづか》みにする。

柔らかく、汗ばんでいたせいか手の平にぴったりと吸い付くような感覚で、ズボンの間ということもあって手から中々離れない。

……いや、俺が手を放していないだけか。

「あははははご主人のえっちー。でも、気持ちよくしてくれたお礼っすから、いっぱい触っていいっすよー……」

「いつまでやってんのよ……」

「いやーだって力入らないいんすもんー」

体を拭き終わったレンゲはこてんっと一回転したので、すかさず拭き取れていなかった太ももや内もものあたりの汗を拭いていく。

「ただいま……む？」

「あ、アイナ、シロ、おかえりっすー」

「おかえり。二人共。怪我《けが》はないか？」

「ん。ただいま。余裕。いっぱい集めてきた」

シロが魔法の袋を俺に手渡し、ありがとうとお礼を言いつつ頭を撫でると嬉しそうに目を細める。

「あぁ、ただいま。それで、レンゲは寝転んでどうしたんだ？」

「ご主人にまさぐられて力入んないいんすよ」

「まさぐ……？」

「尻尾の手入れよ。でも、極上だったわ……」

「ん、ソルテもされたの？」

「ええ。シロもしてもらいなさいよ。今の主様とんでもないから」

「んんー……？　主、シロの尻尾もいい？」

「ああ、勿論いいぞ」

シロの尻尾はもふもふ……という訳では無いが、一本一本の毛が細く、ふわっふわのさらさらな魅力的な尻尾だからな。

「ん。じゃあ後でやって欲しい」

「これで尻尾仲間が三人っすね！　仲間……仲間っす！」

異常なままでの仲間推し……レンゲ、まだぱいが一人だけだったのを気にしていたのだな。

「ふむ。ウェンディ……は眠っているのか」

「寝てて良かったわよ……。あんな姿、やった人以外には見せられないし……」

「そうっすねぇ……。流石《さすが》に恥ずかしいっす」

「いえ……その、起きてます……」

え、起きてたの？

「いい!?　寝たふりしてたんっすか!?」

「ウェンディ……聞き耳立ててたの？」

「ち、違います。一回起きて、その後また眠ろうとしたんですけど……。だって、卑猥《ひわい》な声が聞こえてきたので……眠るにも眠れず、起きるにも起きられなかっただけです！」

「卑猥!?　確かにエッチかったかもしれないっすけど、そこまでじゃなかったと思うっすよ!?」

「ふむ……」

レンゲとウェンディが言い合いをしている間、アイナがなにやら考え込んだ顔をしている。

「どうしたんだ？」

「いや、どうすれば尻尾が生えるかと考えていたんだが……何も思いつかなかった」

「流石に無理だろう……」

「そうか……そうだな……」

何とも残念そうなアイナだが、アイナやウェンディならば髪を弄《いじ》らせてもらいたい。

幸いにも親方から貰った櫛は何本かあり、髪用もあるのだ。

ちなみに、能力は同じ物がついているのでもしかしたら同じような状態になるかもしれないのだが……。

まあ、流石に髪を梳いたら悶《もだ》えるなんてことは起きないだろう。

……起きないよね？

第一章　俺の家が……

アインズヘイルに戻る前にしておかねばならないことがあった。

それは、留守中に俺の家の管理を任せたアイリスに連絡をすること。

声の大きくなる魔道具の依頼の件もあるし、戻る前に一報をと思って連絡をしたのだ。

『そうかそうか。そろそろ帰ってくるのか。ふっふっふ。楽しみにしていると良い。きっと驚くぞ』

と、何とも不安になるようなことを言っていたのでアインズヘイルに戻り次第、急いで俺の家へと向かうことにしたのだが……。

俺は思わず、目の前の光景に茫然《ぼうぜん》としてしまった。

変わり果てた目の前の光景に、まず俺はどこからツッコミを入れるべきなのだろうか。
1、ローライズと布を張り付けただけで恥部を隠し、俺の家の門の前で潰れた蛙《かえる》の様な体勢で手には大人の女性用下着を持ったまま倒れている領主、オリゴール。
2、俺の家が少しでかくなっている気がし、隣接する建物が増えていること。そして、庭が広くなっており更には両隣のお隣さんと庭が繋《つな》がって、かつ片方のお隣さんの家が豪華に作り変わっていること。

3、俺の家の前にボリューミーな尻尾と丸みを帯びたお耳が特徴な小さくて可愛《かわい》らしい、アイリスのシノビらしき狸人族《りじんぞく》の少女が門を守っていること。
んんー……2は間違いなくアイリスの仕業だろう。

管理しても良い……と、許可を出したことを拡大解釈してなにかしでかしたんだろう……。

これは後で本人から直接聞けばいいとすると、3……3がいいな。

狸人族の女の子は俺を発見すると、目を見開いてぴこぴこと丸みを帯びた耳を動かし、尻尾を振って俺を待ちわびているようだしな。

よし、3だ。

「おーい。アイリスのところの――」

「ちょっと待ちたまえお兄ちゃん！　なんでボクを無視するのかな!?」

1であるオリゴールをスルーして横を通り過ぎようとしたところでズボンの裾を摑《つか》まれた。

おいやめろ、放せ。はたから見たら7／8裸の幼女を引きずって歩く鬼畜外道の変態にしか見えないだろうが。

俺をお前と同類にするんじゃない。

「まず一番にボクにツッコミを入れるところだろう!?　こんな美少女が君の家の前であられもない姿になって倒れているんだぞ!?　ほら！　なんでこんな格好をしているのかについてツッコんでおくれよ！」

「年を考えろよ……」

「求めていたツッコミと違う！　そ、それは別にいいんじゃないかな!?」

良い訳ないだろう。

仮にもいい年した領主なのに、『領主がほぼ裸で蟹股《がにまた》になり家の前で倒れている街アインズヘイル』なんてどうなんだ。

本当……大丈夫かこの街。

なんでリコールされないのだろうか。

「はいはい。それで、どうしたんだよ」

「おざなり！　ここは自分のシャツを脱いでボクにそっと優しくするとかあるんじゃないの!?せっかくお兄ちゃんの為《ため》に頑張ったのに！」

「俺の為に……？」

もしかして、俺の帰りを迎えるための渾身《こんしん》のギャグだったのだろうか？

それならば悪いことをした。

しっかりと評価せねば。

「……7点」

「10点満点なのかなぁ!?」

「いや、残念ながら……」

100点満点に決まっているだろう。

どうしてそんなに自己評価を高く出来るのだろうか……。

「酷《ひど》い！　酷いよあんまりだぁぁぁああ！　ボクはあまりの悲しみに感情を爆発させてすっきりさせてもらうよ！」

「どうぞ。それで、どうしてこうなったんだよ……」

「あ、聞きたいかい？　しょうがないなあ。実はこの家に憎きあんちくしょうが住み着きやがったんだよ！　お兄ちゃんがいないうちに家を改築し、隣の家まで買収してお兄ちゃん家を取り囲むようにしやがったんだ！」

憎きあんちくしょう……？

もしかして、アイリスのことか？

あー……やはり改築したのか……。

中身とか変わっていると面倒なんだけど……大丈夫だろうか。

「安心してくれよお兄ちゃん！　ボクは無残に負けて裸に剝《む》かれて追い出されたけど、一矢は報いたんだぜ！　ほら見てくれ！　これはアイリス様の護衛のアヤメちゃんのパン――」

「ぶち殺しますよ？」

「ごおふっ！」

突然現れたアヤメさんにより、お腹《なか》をパンチされて悶絶《もんぜつ》しだすオリゴール。

手から離れた布、パンツをさっとアヤメさんが回収し、俺から隠すようにして俺を睨《にら》みつける。

「……人の下着をじろじろと。変態ですか？　変態ですね。変態同士は惹《ひ》かれ合うんですね。死ねばいいのに」

「一緒にしないでくれ……。完全に不可抗力だろう……」

しかし、黒でTバックに近いようなアダルティなものだったな。

アヤメさんの白く美しい肌、きゅっと引き締まっているであろうお尻に映える下着だと思う。

「……ふん。アイリス様がお待ちです。どうぞ中へ」

「ああ。説明、しっかりしてもらわないとな」

「おごご……お、お兄ちゃん……」

まだ苦悶《くもん》の表情を浮かべているオリゴールだが、流石《さすが》にこのまま放置していくのは寝覚めが悪い。

仕方なく予備の俺の服を着せて抱き上げ、一緒に連れていくことにしたのだが……。

「うぇへ、うぇへへへへ。裸にお兄ちゃんの洋服に包まれてお姫様抱っこされてるぜボク。これはもう勝ち確ヒロイン決定じゃないか」

奇妙な笑い方をしつつ、俺の服の袖で顔を隠すオリゴール。

ハーフリングの体のせいか、上着だけを着てもすっぽりと膝上まで覆われるのだからやはり小さいな。

「アイリス様。入ります」

「うーむ。ふわぁぁぁ……この部屋快適すぎじゃろ……。あとはアイスがあれば完璧なのじゃが……」

ええっと……。

「む。帰ってきおったか。早速じゃがこの部屋でアイスを食べたいんじゃが」

「いや、まずツッコませろ」

「この姿のわらわに発情して、まずいきなりツッコむじゃと……この変態が！」

「そっちじゃねえ！」

なんでアイリスも俺の予備の服を着ているんだよ。

しかもそれ、俺がこっちで用意してもらったYシャツじゃないか。

で、こいつも下は穿《は》いていないようだし……。

「あれは……！」

「アイナさん？　どうしたんですか？」

「ああ……。美沙《ミサ》殿から聞いたのだが、あれは『彼シャツ』というものらしい。男性の大きめの服を女性が着ることで庇護欲《ひごよく》を駆り立て、男心をくすぐる行為だそうだ。主君が良く着ているあのYシャツでやるのが一番だそうだから、帰ってきたら試してみようと思っていたのだが……！」

「ちょっと待ってくれ！　ボクだって同じ格好だぞ？　なんでボクの時には言わなかったのかな!?」

アイナ……美沙ちゃんからそんなことを聞いていたのか……。

そういえば何やらうちの女性陣と美香《ミカ》ちゃん美沙ちゃんがこそこそこちらをたまに見つつ、話をしながらキャーキャー言っていたのはそれか。

ちなみに、オリゴールの疑問への答えは先ほどの表情のせいだと思うぞ。

「アイリス様！　もう家主が帰ってこられたのですから服を着てください！」

「ん、休みの日くらい楽な格好でも良いと思うのじゃが……仕方ないか。すまぬが少し部屋の外で待っていてくれぬか」

「その格好じゃこっちも集中できないしな。わかった……」

一度部屋の外に出され待っていると、アイリスがいつものドレスを着た状態で外に出てきたので、ウェンディにお茶を頼みリビングに行くこととなった。

「ふっふっふー！　それでどうじゃ？　驚いたか？」

「驚いたに決まっているだろ……それで、説明はあるんだろうな？」

ないとか言われたらとても困るな。

「む、怒っておるか？」

「怒ってはいないない。困惑してるから説明してほしいだけだよ」

おそらく、悪い結果というわけではないのだろう。

単純明快に、家が広くなる……というのなら、部屋の数も少し足りないと思っていたことだし、助かりはするのだ。

だが、そう単純なものではないだろうし、あまりに突然の出来事で理解は追いついていないのである。

「それは家のことか？　それともわらわの格好のことか？」

「どっちも気になるけど、まずは家だ……帰ってきたら変わりすぎだろ……隣の家、あんなに立派じゃなかっただろう」

「うむ！　あれは我の家である。アインズヘイルでの拠点だな」

「我の家？　おま、お隣さんかよ……」

「うむ！　お隣さんであるな！」

「なあああにがお隣さんだ！　ボクのお兄ちゃんに色目使いやがって！　お兄ちゃんはボクのだぞ！　国家権力の犬になどさせるものか！」

お姫様抱っこされているオリゴールがどうやら復活したようだ。

復活したのだから降ろそうとしたのだが、こいつしがみついて降りやしない。

「はぁぁぁ……何度も違うと言うておるだろうが……。そやつは既にわらわの庇護下にあるのだ」

「信じられるわけが無いだろう！　お兄ちゃんがなーんでアイリス様と知り合いになるのさ！　大方お兄ちゃんの凄《すご》さに気づいて狙いに来たんだろうけど残念だったね！　お兄ちゃんは既にボクの魅力にメロメロさ！」

何時《いつ》、何処《どこ》で、何で、俺が、お前にメロメロになったんだ？

「さっきだってボクの小さなこのおっぱいをずっと執拗《しつよう》にねちっこく触っていたんだぜ？　小さな女の子はボクで間に合っているんだ！　さあ、早く出て行けー！」

「ちょっと待て！　捏造《ねつぞう》はやめろ！」

大体小さなおっぱいだなんて矛盾を俺の前で出すんじゃない。

お前のは完膚なきまで完全にちっぱいだ。

触れていたとしても気づかないくらいの完全無欠絶対孤高のちっぱいだろうが。

「はぁぁ……面倒くさいのう……。ではまた勝負でもするか？　これ以上おぬしが負ければ大変なことになるが……」

「ああ構わないとも！」

何故《なぜ》かボタンをはずし始め、渡した俺の服を颯爽《さっそう》と脱ぎ捨てるオリゴール。

おい。人の服を脱ぎ捨てるな。

「さあそっちもさっきと同じ状態まで脱ぐと良いよ！　ほら！　アヤメちゃんもパンツ脱いで！　ルールは守るものだぞ！」

「っ……脱ぐわけがないでしょう！　貴方《あなた》も人の下半身を見ている暇があるのならさっさと止めなさい」

「えええ……。とりあえず落ち着け。俺とアイリスはお前が思ってるような関係じゃないから……」

「お兄ちゃん!?　もう、王族を呼び捨てで呼び合う関係になってるのかい!?　本格的にまずいぞ。これはもう既成事実を作るしか……お兄ちゃんベッドルームへ行こう！」

「はいおちつけー……。これ以上騒ぐなら、ソーマさんとウォーカスさんを呼ぶからな？」

「はーい。大人しくしまーす」

保護者の名前を出すと、一瞬で大人しくなるオリゴール。

この後事情を説明し、何度も頓挫しかけたが根気よく話すことによりなんとか納得してもらうことが出来たが……。

帰って早々どうしてこんなにも疲れにゃならんのだろうか。

「はああ……服装の理由が先にわかっちまった……」

「うむ。良い暇つぶしではあったのだがな」

俺が帰ってくる間に、俺の家に住み着きだしたアイリスを見て勘違いを拗《こじ》らせたオリゴールが突撃。

ちょうど暇であったアイリスが勝負を快諾して、何故か紆余《うよ》曲折《きょくせつ》があって負けた方が服を脱いでいったという。

先ほどオリゴールが下着一枚と胸に張った布だけでいたということは……かなり負けが込んでいたようだ。

だが、アイリスも下着姿であったことを考えるとかなり惜しいところまでは食らいついたと……。

しかも、アヤメさんのパンツを脱がしたってことは、何らかの勝負でアヤメさんに勝ったのか……やるなオリゴール。

「で、話を戻すけど、片方はアイリスの家だとして、もう一つの家はなんなんだ？」

「あそこは使用人や門番の住まいじゃ。ちなみに門番はわらわのシノビを数人常駐させるので、お主に負担はかけぬぞ。まあ、わらわの家を守るついでじゃ」

「ん、警戒ならシロがやるよ？」

「今回のように留守にしておれば、シロがいない時もあろう？　本人の護衛も大切じゃが、住まいも守っておくに越したことはあるまい？」

「たしかに助かるけど……あの子達《たち》ってアイリスの護衛のシノビだろう？　いいのか？」

アイリスのシノビを此処《ここ》に常駐させると、アイリスの警護がおろそかになるんじゃないのか？

「休暇を与える際の保養所のようなものです。あの子達にもお休みは必要ですから、貴方が気にすることは何一つありません」

冷酷なまでに淡々とした口調で、俺への気遣いなどは一ミリも匂わせずに告げるアヤメさん。

その視《み》るだけで人を殺せそうな視線から、どうやらまだアヤメさんの中では俺はオリゴールの魅力に囚《とら》われた上に、ノーパンのアヤメさんの下半身を見ていた変態男の扱いのままらしい……。

この人は……いつかデレるのだろうか。

ずうぅっとツンツンのツンツンツンな気がする。

そんなことを考えていると、錬金室の扉が開かれる。

「アイリス様、全工程滞りなく終了し、確認作業も……おや、若様。おかえりなさいませ」

「ダーマ?」

イメージが真っ黒なダーウィン家に似つかわしくない程の爽やかなイケメンであるダーマだ。

……男でも自分のお眼鏡に適《かな》えばイケちゃう男、ダーマだ。

そういえばこの男、仕事は建築関係だったな。

「はい。お久しぶりでございます。ああ、アイリス様。こちらが書類になります」

「うむ。ご苦労であったな」

「ダーマが関わっていたのか……」

「ええ。僕のお仕事は不動産建築関係ですからね。ああ、そうだ。こちらの家のすぐ近くに離れをたてておいたのですがいかがしますか? 母屋とくっつけて増設のようにいたしますか?」

「はあ……もう好きにしてくれ」

おそらく金は請求されないだろうし、家が広くなるのは嬉《うれ》しいことだしな。

まあ、色々と言っておきたいことはあるが、被害を被ったわけではないし、アイリスの下についているのには変わりないので前向きにとらえておこう。

「ははは。かしこまりました。しかし若様、まさかアイリス様とお知り合いになっていたとは思いませんでしたよ。流石ですねぇ……」

ダーマの視線に熱が籠っている気がするが、きっと気のせいだ。気のせいだ！

俺はノーマルだから、そんな視線を向けるんじゃない！

「ダーウィンにもよく言っておけよ。わらわの物に手を出すと承知せんぞ……とな。なんせわらわのお気に入りだからな」

「残念です。ボクも狙っていたのですけどね……」

狙わないで……。

ダーマに狙われなくなるのなら、ずっとアイリスの庇護下で多少の無茶に振り回された方がいい……。

「それでは、僕は仕事が終わったので失礼いたします。残りの料金は事務所へよろしくお願いしますね。それと、若様、今度お食事にでも行きましょうね。二人きりで……」

「お断りいたす！」

「あはは。つれないですねえ……」

「わらわのお気に入りじゃからな！」

「やれやれ調教済みでしたか……。僕がしたかったのですけど、本当に残念です……」

怖いことを言い残してダーマが去って行った。

あいつと会うと、お尻に視線を感じるから変にぞくっとするんだよな……。きゅってなる。

「お主、男にも好かれるのじゃな……」

「怖いこと言わないでくれ……」

「変態でも、同性は駄目なのですね」

「ご主人様は女の子が大好きですから」

「……そんな主《あるじ》で貴方達は良いんですか？」

アヤメさんの言葉に、アイナやウェンディ達皆が顔を見合わせる。

そしてアヤメさんの方に向き直ると、打ち合わせでもしたかのように声を合わせて言った。

「「「「当然」」」」

「……はあ。聞くだけ無駄でしたね」

今の会話の流れで俺が呆《あき》れられる要素がどこにあったのだろう。

なんかもうアヤメさんのジト目は寵愛《ちょうあい》のポーズに思えてきたぞ。

他の女に感《かま》けていないで私だけを見てよ！　的な……。

うん。そう思うと何とも心地よい気が……。

「そういえば、依頼していた物は出来ておるか？」

「あ、そうだ。忘れないうちに渡しておくよ」

魔法空間をまさぐってアイリスに頼まれた品を出し、オリジナルと錬金スキル、贋作《マルチコピー》で作った廉価版を分けて出す。

「おーおー。ちゃんと作ってくれていたか。助かる助かる。お礼の代金はこんなもので良いか？」

そういえば、ちゃんと代金のやり取りをしていなかったな。

友人関係でも、そのあたりはきっちりとしなければならないんだが……アイリスが提示してきたのは、オークションで落札された時の相場とほぼ同じ。

いや、若干色をつけてくれているくらいなので、全く問題はないな。

「うん。問題ない」

「助かる。ではアヤメ、払っておいてくれ」

「はっ」

「さて！　それではついに……だな」

アイリスが指と指を合わせ、リズムよく開いたり閉じたりと、何かを待ちわびるように俺を見ている。

……まあ、アイリスが待ちわびると言えば、これだろうなあ。

「アイスー!!」

俺が取り出したと同時に体を乗り出して早くよこせと言わんばかりの勢いだ。

今までの会話は全ておまけで、アイスが本命のように感じてすらしまうな。

「んふー！　アイスアイス！　お主のアイスー！」

「へへんアイリス様は子供みたいにはしゃいじゃって可愛いねえ。まあお子様だもんね！」

「はーん？　オリゴールよ。貴様はこやつの手作りアイスを食べたことは無いのか……。可哀想《かわいそう》に。

貴様の扱いとやらも、その程度ということか……」

「ボ、ボクはお兄ちゃんの手作りお菓子は食べたことはあるんだよ！　アイスなんてそんな、ただの冷たいだけのお菓子じゃ……うまー！　なにこれ、うまあああ！」

　一口食べてすぐさま瞳を光らせて感激するオリゴール。

　それを見てアイリスはにやりと笑い、優越感に浸っているように見える。

「なんだいなんだいお兄ちゃん！　ボクにこんな素敵なものを隠しておくだなんて酷いじゃないか！」

「いや、食べさせるタイミングが無かっただけだろう。これが出来たのって、王都に行く途中だったし……」

「なるほどなるほどそういうことか！　ならいいよ！　んんー冷たくて甘くてとっても美味《おい》しい！　白くてドロドロなのもいいね！」

「ふっふーん。アイスの魅力がわかったのなら良い。共にアイスを楽しもうぞ！」

　アイスの魅力が伝わったからか、アイス信者がもう一人増えたからか上機嫌なアイリス。

　こうして二人が仲良くアイスを食べていると、子供が無邪気にはしゃいでいるように見えてこちらとしてはほっこりする。

「そうだ。もう一人、わらわの知り合いにこいつを食らわせてやりたいのだが……今度茶会を開く時に時間は取れるか？」

「ん？　まあ、前もって日時を教えておいてくれるなら構わないが……」

「そうかそうか。では、日時が決まり次第連絡を入れよう。そして、出来ればだが……渾身の出来のアイスを頼みたい！　お主の腕を見込んで新作であるとなお良いのだが……」

何やら随分と気合が入っているが、ただのお茶会なんだよな？

それにしても新作……新作か。

それもアイスでとなると、単なる味変では面白味が足りないか……。

試行錯誤しないとだな。

「んんー……わかった。何か考えとくか……」

結果的にではあるが、家も増築してもらったわけだしな。

まあこれくらいのことならば、庇護下に置いてもらっていることだし小さなお礼として構わないだろう。

更にも増して上機嫌になったアイリスが、頬にアイスをつけながらも喜んでいる姿を見れば、それだけでも理由にはなる気もするが……。

「むう……なんかちょっとアイリス様の方が仲良さげじゃないか？　ここはひとつボクも何かイベントを……そうだ！」

ぶつぶつと何やら呟《つぶや》いていたオリゴールがペカッとした笑みを浮かべ、俺に満面の笑みを向けてきた。

「お兄ちゃんお兄ちゃん！　今度アインズヘイルでお祭りがあるんだよ。そこでちょっと出店を出してはくれないかい？」

「ええ……それは面倒くさいな……」

「ぐっ……そ、そう言わずに頼むよ。せっかくクリエイティブな流れ人がこの街に住んでいるんだぜ？　ここはひとつ、街のお祭りを盛り上げるために一役かっておくれよ。別にお祭りの後にも店をやれって訳じゃないからさ！」

「んんー……」

出店か……。

興味がないわけではない。

アイリスやオリゴール、アヤメさん等も含めて俺の元の世界のお菓子やアイスを絶賛してくれているからな。

もし俺が店を出したら……と、考えなくもなかったが、最終的に営業日が決まっていて休みも少なくなると考えると無いなと至ったのだ。

それが祭り限定……というのであれば、話は別だ。

恋人達とお店を切り盛りするというイベントだと思えば、悪い話ではない。

それに、アインズヘイルの街のイベントを盛り上げるのに協力したくないわけでもないし……。

「……わかった。協力するよ」

「わーい！　ありがとう！　出来ればボクもお兄ちゃんの新作お菓子を期待するぜ！」

「こっちも新作か……わかった。なんとかするよ」

んんー……何にするかな……。

お茶会とお祭り、アイス……かき氷か？

いやあ、でも少し単調というか、インパクトに欠けるか……。

んんー……食材を色々見つつ、どっちも作れそうなものから考えてみるか……。

第二章　魔法適性

（I wish）


戦闘訓練開始！……と、行きたいのだが、その前に俺自身について確かめなければいけないことが一つ。

それを調べるために俺は図書館に行き、一つ2万ノールもする水晶を六つ程買ってきて目の前に並べておく。

それぞれ赤が火、青が水、緑が風で、黄が土、黒が闇で、白が光適性を調べることが出来る水晶玉なのだ。

これは温泉宿の完成祝賀会の料理を作っていた際に美香《ミカ》ちゃんに、

『スキル関係でしたら図書館がお勧めですよ。通常の生活スキルから魔法の基礎、自身の属性適性等学べると思います。貸出もしていますし、アインズへイル程の大きい街なら図書館もあると思いますよ』

と、教えてもらい、美香ちゃんも新しい街につくとまず図書館に寄って読んだことのない魔道書やスキル書を読んでいると教えてもらったのだ。

……あんな清純派文学少女に好かれながらハーレムがうんたら言っていた真《マコト》が信じられねえな。

という訳で図書館へと初めて足を運び、身元証明をして魔法の基本とスキル取得についての二冊を借りて、家のリビングでお試しという訳だ。

俺の知ってる異世界ファンタジーでは、魔法使いって戦士に比べると数が少ないイメージで、この世界もそんな感じらしいのだが、この水晶の値段のせいもあると思う。

自分の適性が火だけだと思ったら、四十代を過ぎてから土の特性もあったと気がつく場合もあるらしいしな。

魔法が使えれば仕事の幅は広がるだろうけど、調べるだけで2万ノール。六つ全てを調べるとなると12万ノールで、更には使い切りの消耗品ともなれば手は出しにくいだろう。

で、だ。

流し読みをしてみてわかったことだが、
・魔法とは、火、水、風、土の基本四属性と光、闇の特殊二属性、そしてそれ以外は無属性に纏《まと》められる。
・それぞれ人は一つ以上適性属性を持っている。
・魔法を使うのにも適性が必要。
・スキルの一部にも属性が関与する場合がある。
と、いう訳で、属性を調べて魔法を覚えようと思った訳である。

「それじゃ、早速適性属性を調べるか」

レンタルした入門編の魔道書を開き、説明を読むと水晶を持って魔力を注げば良く、適性がある場合は水晶が輝くらしいので早速やってみることにした。

ちなみにだが……周囲はアイナ、ソルテ、レンゲ、ウェンディ、シロの5人に囲まれている。

俺が本を読み始めた頃からそわそわとしていて、だが誰も発言せず固唾を飲んで見守っているようだった。

……まずは火からかな。

ええっと……アイナ？　どうした？

なんでそんな一際真剣な眼差《まなざ》しでこっちを見ているんだ？

別にアレだぞ？　ちょっと属性適性を調べるだけだぞ？

……気にせず進めるか。

間違って癖で錬金をしてしまわないように注意しつつ、水晶に魔力を注いでいく。

すると、赤い水晶から赤い輝きが放たれる。

「よしっ！」

「お、え？」

俺が『おお！』と、言う前にアイナが立ち上がって拳を握りガッツポーズ。

それを見てソルテ達《たち》が羨ましそうにアイナを見上げていた。

「おー……一抜けっすか。いいっすねえ」

「主君！　火の魔法が使えるのであれば私が教えよう！　簡単な魔法からになるが、共に切磋《せっさ》琢磨《たくま》しよう！」

「お、おう。ありがたいけど、まだ使えるって決まったわけじゃないからな？」

属性適性があったからといって、必ず魔法が使えるわけではない。

属性適性があっても魔法適性がなく魔法が使えない者などざらにいるらしいしな。

「ご主人様！　次は水！　水をお試しください！」

「ずるいわよ！　次は風！　風よね？」

「土とかー……ご主人は錬金術師っすし便利でいいと思うっすよ？」

三人が勢い込んで頼んでくるのだが、どうせ全部やるのだから順番くらい気にしなくても良くないか？

あれ？ っていうかシロはどうしたんだ？

「……シロは闇だから……」

「闇は駄目なのか？」

「ん。本来は吸血種《ヴァンピール》とか、首無し種《デュラハン》とかが覚える属性。黒猫族は適性が闇。被装纏衣《ひそうてんい》は、闇属性魔法を黒猫族が独自に改良したもの。シロはたまたま闇の適性があったみたいだけど……人族の主《あるじ》にあるとは思えない」

「そうなのか……。まあでも、買っちまったしな。試してはみるよ」

「ん……」

どうやら今回の魔法教官候補戦には加われないと思い、微妙にいじけているようだ。

後でしっかりとケアはしておこう。

そして全部を調べ終わったのだが……。

「主君……これは……」

「ありえないわよ……」

「そうっすね……。わけがわからないっす……」

「うう……せっかくのチャンスが……」

「ぬか喜び……」

はい……。なんか……すんません……。

適性はあったんだよ……。光以外だけど、全部。

五種類も適性はあったんだよ？

それでさ、凄《すご》く盛り上がったんだ。

『すごいぞ主君！　五属性なんて！』

『流石《さすが》に五は初めて見るわね……』

『これなら皆で教えられるかもっすね！』

『ん！　シロも主に教えられるかも！』

『流石です！　ご主人様！』

と大盛り上がり。
俺も調子に乗っちゃってさ、このまま魔法を極めるのも……とか思っちゃったわけよ。
体を動かすよりは向いてるだろうし……と。
口に出さなくて良かったー。
で、まあ……その……お察しの通りなんだけど……。
魔法適性が！　一つも！　ありませんでした!!
皆のがっかりした顔ときたらもう……。
レベル1の魔法を見せてもらって、さあ試し討ちだって意気込んだのに出ない。
全く出ない！　出る気配がない！
あのときの熱されていた空気が段々と冷えていく感覚は一生忘れられないだろうさ！
声援が！　一人、また一人と小さくなっていくんだ！
具体的には使えないとわかった順に目に見えて落ち込んでたんだよ！
なんかね、誰にも強要されていないのにいつの間にか正座になってた。
五つも属性適性があるのに、魔法適性がないの！
せっかく異世界に来ているのに、魔法が使えないの！
いや待って！　正確には一つあった！
空間魔法は使えるよ！

空間魔法は一応無属性だけど、これも魔法ってついてるから魔法だから！

研究が全く進んでいないので属性が不明扱いで無属性なんだけどね……。

「なんか……ごめんな」

いたたまれなくなって謝ってしまった。

すると、皆がはっとして顔を上げる。

「ちが、大丈夫よ！　魔法なんか私達だって普段そんなに使わないし！」

「そうっすよ！　肉体！　肉体を鍛えれば問題ないっす！」

「う、うむ！　諦めずともこれから使えるようになる可能性だってあるしな！」

「ん！　主が強くなっても困る。シロが褒められる機会が減っちゃう」

「ご主人様はご主人様ですから！」

うわぁー……めっちゃ気を使われてる。

しかし何で使えないいんだろうなあ……。

ＭＰは十分にあるし、どれか一つくらい使えてもおかしくなさそうなのに。

更に王都の大聖堂で神気もなかなかだのと言われていたのだが、光の適性は無し。

やはり神気は女神様からいただいた、ユニークスキル持ちだったからなのだろうか。

そこらへんは今度テレサに聞いてみるか……。

「そ、そうだ主君！　気晴らしに果実園に行かないか？　よく我々が買っている野菜売りのおばさんが今年は豊作らしく果実狩りに来ないかと誘ってくれたのだ！」

気を使われてますな……。

だが、果実狩りか……それは良いな。

アイリスやオリゴールのお菓子のヒントを得られるかもしれないし、恋人達と果実狩りなんて絶対に楽しいイベントだろう。

「そうだな……行ってみるか」

「ん。果実は野菜と違って美味《おい》しい。行こう。沢山食べる」

シロは緑の野菜は葉っぱ、根菜は根っこと言ってなかなか食べないからな……。

「あんたは多少自重しなさいよ……。食べ尽くしたらもうあそこの野菜が買えないじゃない」

「ん？　それはいい。食べ尽くす」

「逆効果っすね……」

「シロ？　流石にそれは止めますよ？　ご主人様にご迷惑をおかけしますからね？」

どうやら、皆も気分を切り替えて果実狩りに舵《かじ》を取ってくれたようだ。

変に気を使われたままよりもずっと気が楽である。

ちなみに、スキルは普通に取れるようだ。

とはいっても、戦闘系スキルは鍛錬によって取得するものが多く、更にはスキルには個人によって上限があるらしい。

所謂《いわゆる》才能、というものでレベル9まで覚えられるものもあれば、レベル1で止まってしまうものもあるらしい。

……恐らく、俺の料理レベルが上がらないのは才能が無いのだろう。

でも、レベル1でも困りはせずに使えているのだが……そのあたりも調べてみた方が良さそうだ。

でもまずは、果実狩りに行ってからにしよう。

……俺も、気分を変えたいしな。

気分を変えて早々に果実狩りにやってきた俺達。

初めて訪れたのだが、アインズヘイルの敷地内にこんなにも広大な自然があったのかと驚くほどに広い果樹園であった。

実っている果実の数も豊富で、さらにはこれとは別に野菜畑まで所有しているという……。

意外にもあの野菜売りのおばさんは大地主であったらしい。

「ご主人様ー！　このモモモ凄く甘いです！」

ウェンディは皮を剝《む》いてカプッとモモモに小さくかぶり付くと、中からたっぷりの果汁が溢《あふ》れ出し、上品に食べていたと言うのに唇を伝っていく。

そして、それが顎まで伝わらぬように唇をペロリと舐《な》めるのだが……妙にエロい。

「こら！　待ちなさいよ！　美味しく食べてあげるから！」

「レンゲ！　そっちに行ったぞ！」

「任せるっすよー！　関節決めてやるっす！」

……忘れていたのだが、この世界の野菜は牛蒡《ごぼう》のような足を持っていて動くのだ。

それは果実であろうとも例外ではなく、転がったり、飛び跳ねたり、速球のように真《ま》っ直《す》ぐ飛んでいったりと多種多様に逃げ回るのだ。

しかもかなり速い……。

俺はと言うと『不可視の牢獄《インビジブルジェイル》』を使って四方を囲み、逃げるスペースを完全に奪ってから収穫させてもらっている。

「主ずるい」

「俺が追いつけるわけないだろ……。知恵だ知恵」

先ほど追いかけはしたのだが、全く追いつくことが出来ずあろうことか果実にバカにされたのである。

俺が足を止めたらリンプルも止まり、俺がダッシュすると猛スピードでリンプルも逃げるのだ。

嘲笑《あざわら》われている気がして進行方向に不可視の牢獄《インビジブルジェイル》を配置したらぶつかって潰れてしまったのだが……可哀想《かわいそう》になったので美味しく頂いておいた。

「もきゅもきゅ……んんー。バナナナ甘い。主にもあげる」

「バナナじゃなくてバナナナなんだな……。ん……ねっとりしていて甘いな。シェイクにしても良さそうだ」

食べてみた感じまんまバナナだな。

名称が元の世界とは違うが、少し考えれば何かわかるものばかりなのである意味助かるな。

「はーはっはっは！　グレープドなんて朝飯前っすよ！」

レンゲが散弾銃のように乱発されているブドウのような果実を一つ残らずキャッチしていたり、

「ふっ！」

アイナが飛び込んでくるまるで砲丸のようなパパインをがっしりと受け止めていたり、

「よい、しょっと！」

ソルテがサッカーの一対一のように左右に躱《かわ》そうとするマママンゴーを軽々と捕まえていたり、
それぞれ果実園を満喫しているようだ。

「ウェンディ、一緒に食べましょ」

「はい。ありがとうございますソルテさん」

ウェンディも一生懸命追いかけてはいたのだが、俺と同じく挫折した組だ。

「くっ……魔法を使えれば……」

と、悔しがっていた。

この世界の果実狩りは体力とステータスがかなり必要なようで、一般人は参加すら難しそうだ
……。

冒険者ギルドで採取クエストとして出したら、それなりに募集がありそうな取り立ての美味しさはあるのだが……。

「そう言えば、ストロングベリーはないのかな？」

果実狩りと言えばやはり苺《いちご》狩りだろう。

特にストロングベリーはこの世界のいちごの中でも絶品なのだが、流石にビニールテントはないか。

「ふっふっふ……あるぜお兄さん。うちのストロングベリーは王国一と言ってもいいくらいの絶品だぜ」

「うわあ！」

いつの間にか俺の横に現れた果実園の親父《おやじ》さんに驚きつつ、興味は王国一だと言うストロングベリーに持っていかれている。

「す、凄い自信だな……」

「まあな。うちは取り方が違うってもんよ」

取り方？　育て方ではなく？

「まあ、見た方が早いな。ついてきな。美味《うま》いストロングベリーを食わせてやるよ」

自信満々の親父さんに促されついていくと、天井の開いたハウスへと連れていかれた。

どうやら手動で天井を開閉でき、雨の日は天井を閉じることのできるカラクリがあるようだ。

ハウスということは、もしかして自由にストロングベリーが歩き回っているのかとも思ったのだが、普通の苺と同じように株になっているようである。

ここのストロングベリーは普段食べている収穫済のストロングベリーよりも生き生きとしていて、輝きが強く思えるあたり王国一というのも嘘《うそ》ではないのかもしれない。

しかし、近くに行っても動かないいんだな。

もしかして夜行性なのかと手を伸ばしてみたのだが……。

「ああ！　危ない！」

「え？」

親父さんの声に反応して手を引っ込めるよりも早く、俺の掌《てのひら》に衝撃が走りはじき飛ばされてしまう。

「い……」

手に残ったのは鋭い何か針にでも刺されたかのような痛み。

「痛えええええ！」

なんだ？　何があったんだ？

ストロングベリーは実ったままだし、何が起こったんだ？

「駄目だよ無闇に手を伸ばしちゃ！　許可なく取ろうとすると種を飛ばしてくるんだ！」

「た、種……？」

なるほど、俺はストロングベリーに種を飛ばされた訳か。

それにしてもあの威力、小さな種のものじゃなかったぞ。

近距離でノックを受けたような威力があった気がするんだが……。

この苺……強い……。

なるほど、だから『ストロング』ベリーなのか。

「許可なくって、じゃあどうやって……取……る？」

おじさんの方を見ると、なぜか株に向かって土下座していらっしゃった。

「な、何をして……」

「お願いします！　どうか！　どうか私めの為《ため》に御身を捧《ささ》げてはいただけないでしょうか!!」

あ、取り方ってそれ？

全力でお願いするんだ！　凄いシンプルだ！

何度もおじさんが頭を上げて下げてを繰り返していくと、徐々におじさんの前の袋に自ら入っていくストロングベリーがちらほら現れ始める。

だが、その動きは鈍く、なんとなくだが『やれやれ……仕方ねえな』といった本音が見えてしまっていた。

「……ってな感じだ。あとは頑張んな」

立ち上がったおじさんはキリッとした態度で袋に入ったストロングベリーを見せつけてくるのだ

が、額に土がついたままだと格好ついていない……。

だが、要点はわかったので俺流でいかせてもらおう。

一人ハウスに残された俺は、まずこいつらと意思の疎通ができるのかを確かめる為、手をゆっくりと差し伸べてみる。

ゆっくりと手を伸ばしていくと、徐々にストロングベリーが警戒している様子が伝わってくるので途中で止める。

「……俺の言葉がわかるなら、種を飛ばしてみてくれ」

すると、ストロングベリーは少し時間を開けてから俺の手の方へ種を飛ばしてきた。

しかし、弾《はじ》き飛ばすような威力ではないので、俺の言葉がわかるという答えだろう。

意思の疎通は可能……ならば、見せてやる俺の交渉術を。

土下座は最後の手段であり、俺の予想では最適解ではないはずだ。

水桶《みずおけ》に水を入れ、収穫用の袋を前に並べて株から少しだけ距離を取る。

目線を下げる為に俺も地面へと座り、さあ始めようか。

ここからは、俺とお前達との真剣勝負である。

取り出したのはカットしてある真っ白なショートケーキ。

スポンジとホイップクリームだけのシンプルなもので、後で果実とあわせて食べようと用意していたものである。

「さて、見るのは初めてだろうがこれはケーキというお菓子だ。甘さだけで言えば酸味が無い分お前達よりもずっと甘い。見ての通り真っ白で美しいが……見た目にも味にもあと一歩彩りが足りず、完成ではないのだ」

勿論《もちろん》ストロングベリーからの返事はない。だが、どこか『ほう』という声が聞こえた気はした。

「お前達にもプライドはあるだろう。食べられるだけが運命だなんて、抗《あらが》うのも当然だと思う。だけどな、薄々は気付いているのだろう？　お前達の甘さやその赤みはなんの為にあるのかを」

『……』

無言の肯定として取らせてもらう。

傍目《はため》から見れば何を株に向かってご高説を説いているのだろうという、頭のおかしい状況であろうが気にしてはいけない。

今は俺しかいないのだし、最高のストロングベリーを手に入れるためなのだ。

「どうせならば一花咲かせたいとは思わないか？　このケーキの一番上に鎮座するお前達の圧倒的な存在感と美しさを、可愛《かわい》い女の子達に食べてもらいたいとは思わないか？」

少し待つ。

自分が食べられるという運命を受け入れるには時間が必要だろう。

だが、俺がお前らの立場であるのならば、腐り落ちるのを待つか、食べられるかの二択しかないのであれば可愛い女の子に食べられて笑顔を生み出したいと思う。

悲しみしかない未来より、誰かの笑顔を……俺ならば作りたいと思う。

だから俺は、お前達を信じて待つ。

すると、しばらくの沈黙を経て一粒のストロングベリーが落ち、飛び跳ねて水桶の中に飛び込んだ。

「……お前の勇気ある行動に、感謝する。安心してくれ、必ず約束は守る。お前を最高に美しく、最高に美味しく美少女に食べてもらおう」

掌を広げると、水浴びを終えたストロングベリーが飛び乗ってくる。

『任せた』

そんな声が、聞こえた気がした。

「主？　何してるの？」

「シロか。最高のケーキがあるんだが、食べるか？」

「最高のケーキ？　ん、食べる！」

「じゃあ、少し待っていてくれ……」

『……この子が、俺の運命か』

「ああ。うちの大事な、勇気も度胸も可愛さも一流の美少女だよ。勇敢なお前には相応《ふさわ》しい相手だと思う」

「主？」

シロ、悪いけどスルーさせてくれ。素面《しらふ》になるときつい。

勇気あるお前にすることは、ただヘタを取るだけだ。

それ以上の加工はいらない。

それだけでも十分美しいストロングベリーは、ケーキの上に鎮座するとまるで宝石のような輝きを放っていた。

「おおー！　主！　ストロングベリーが輝いてる！」

「だな……美しい。命の輝きだ……」

先ほどおじさんが入手したストロングベリーとはまるで輝きが違う。

やれやれ感はなく、自らの意思で運命を受け入れた前向きなストロングベリーのなんと美しいことか……。

悲しい運命だけではないのだと、胸を張って笑顔を作り出すのだという確固たる意志による命の輝きを俺は見た。

「食べるのが少しもったいない……」

「食べることが大好きなシロにそう言ってもらえるのなら、相当だな。だが、食べてやってくれ。今が一番、こいつの輝いている時だからな」

俺とシロの言葉を聞き、一際輝きを放つストロングベリー。

「ん。主、あーん」

「まずはケーキからな」

「ん……いつも通り美味しい」

「それじゃあ、今度は一緒にな……」

ストロングベリーを含めてケーキと一緒にシロの口へと運ぶ。

シロの口の中に消える最後の一瞬まで輝きを失わないストロングベリーは、『またな』と、仲間達に告げた後に消えていった。

「んっ！　んんーっ!!　すごく美味しい！　酸っぱいのが一瞬来て、その後すぐにとっても甘いの！　今まで食べた果物の中で一番美味しい！」

ぱぁぁぁっとストロングベリーの輝きが映ったかのような満面の笑みで瞳を輝かせるシロ。

明らかにただケーキを食べた時とは衝撃が違うリアクションをするシロにより、どれだけ美味しくなったのかは一目でわかる。

「美味しかったか？」

「うん！　すごく美味しかった!!」

シロはごちそうさまを済ませると、俺の横に座ってしまう。

続きをしなければならないのだが……いや、恥ずかしがっている場合ではないな。

これはチャンスだ。

「だ、そうだ。今の光景を見て、どう思ったかなんてのは聞かない。ただ、俺にはあいつが誇らしく見えたよ。……チャンスは今だけだ。俺達が次にいつ来るかはわからないからな」

そして、と言葉を続ける。

「実は今度お茶会がある。それも、我ら人族の世界ではとても高貴で偉い血筋である王族のお茶会だ。そこでお前達を俺は出したい。気高きお前達には、気高き扱いをしたいのだ。勿論、王族の子は可愛らしい女の子だ」

すると、次々に水桶へと入り始める。

形がよく、立派な大きさのもの達ばかりだが、やはりそう多くはないのが現状か。

「よし、お前達はこっちの袋に入ってくれ」

お前達はアイリスとご友人にお菓子を振る舞う際に使わせてもらおう。

さて、残った奴《やつ》らは……先ほどの奴らに比べて色や形が少しだけ劣る者達が多いな。

つまり、自信がない者達だろうか。

ならば……。

魔法空間から俺はジャムの瓶を取り出す。

「これは、ジャムという砂糖とお前達を煮て作るものだ。俺はお前達に嘘をつきたくないから正直に言おう。これは、お前達を切り刻み、磨《す》り潰し、煮て作る。残酷な調理法だろう……。だが……自信の無いお前達でも、より多くの人を笑顔に出来る代物だ」

「ん、とても美味しい。アイスにも、パンにも合う。シロも大好き」

シロも俺の意図を理解したのか、援護射撃をしてくれる。

その結果、自信はなさげだが数多くのストロングベリーが水桶に入っていく。

だが、このままでは味は向上しない。

「安心してくれ、お前達も必ず輝ける。想像しろ。可愛い女の子たちがお前達を嬉《うれ》しそうに頬張る姿を！　小さなお口に、ぷるぷるの唇に吸い込まれる自分の姿を！　お前達は勇気のある出来る奴らだ！」

すると、徐々に輝き出すストロングベリー達。

そうだ！　お前達だって輝けるんだ！

これで上質なストロングベリーが手に入った。

王族の友達……なんて、きっと貴族だろう。

貴族の口に入る物を適当に……と出来ない以上、上質な素材は喜ばしい限りだ。

……もし友人が男性だった場合はどうしようもないのだが……その際はアイリスだけにだし、男性用には抹茶アイスをお出しすることにしよう……。

しかし、まだ残っているな……おそらく、性別的に女性なのだろう。

ならば、イケメンで英雄の若い男に、と条件を出すと、ものすごい勢いで水桶に入ってきた。

「安心してくれお前達。俺は必ず約束は守るからな」

『友よ。信じている』

彼らは、俺に運命を託してくれた。

必ずや、その期待に俺は応えたいと思う。

おじさんが帰ってくる頃にはそれぞれの好みにあった相手を提示したことにより、ハウスに実っていた熟したストロングベリーのほとんどを収穫してしまった。

おじさんには取りすぎだと怒られてしまったのだが、今度アイリスのところのお茶会でお出しし、ここのことを宣伝しておくと言うと許してもらうことができた。

大満足の結果なのだが、少し調子に乗りすぎたか……。

第三章　対獣人無双

（I wish）


今度こそ、戦闘訓練開始……なのだが、またしても問題発生である。

それは、隼人《ハヤト》に借りた武器がちょっと凄《すご》すぎたのだ。

「アビス・ツインエッジ」「火龍偃月刀《えんげつとう》」「オーク王の断首剣」「血吸オーガトゥース」「両爪プルートロア」「マナイーター」などなど、物騒な名前がずらり。

例えばこんなボロボロの傷だらけのショートソードでさえ、「歴戦の強者《つわもの》」なんて名前がついているのだ。

小さな宝石のついた短剣も、「ラグ・マギア・アズール」と、仰々しい。

「流石《さすが》英雄ね……。ハルピュイアの鳴き笛なんて、初めて間近で見たわ」

ソルテが手に取ったのはハーピーのような鳥人がモチーフになっている長い槍《やり》。

見た目も美しく、芸術的であり、見るからに高そうな一品である。

「有名な槍なのか？」

「ある意味ではね。武器というよりは、武踊で使うものよ。ちょっと見ててね」

ソルテが俺から距離を取り、腰を落としてハルピュイアの鳴き笛を構える。

その様子から目を離さないでいると、ソルテが一息に高速の突きを放った。

そして、それと同時に「キュイ！」と、鳥の鳴き声のような音が聞こえたのだ。

そのままソルテは連続突き、頭上での大回転、大払いなど次々と技を繰り出していく。

その度に音の大きさや高さが変わり、それは鳴き声の演奏のようであった。

「っと、こんなところね」

「凄いなソルテ！　音もだけど凄い綺麗《きれい》だったぞ！」

「そ、そう？　もっと上手《うま》い専門の人に比べたら大したことないと思うんだけど……」

「ああー！　ソルテたんずるいっすよ！　説明にかこつけてご主人にアピールとか！」

「ち、違うわよ！　ちょっと試しただけじゃない」

「自分も何か……くっ、武器持ちじゃないのが悔やまれるっす……。レグスカタールとかないんすかー！」

レグスカタールとは、脛《すね》から膝に掛けて刃が備わった蹴り主体用の武器らしい。

うんまあ、あっても特殊すぎて試してみるまでもなく俺には合わないだろうな。

「それにしても凄いな……。どれも一級品ばかりだぞ」

「そんなになのか？　いやまあ、なんとなくそんな気はするが……」

「ああ。冒険者ならば喉から手が出るほど欲しいと言うだろうな……。全額合わせたら……改装する前のこの屋敷が買えるくらいはすると思う」

いいいい!?

そ、そこまでするのか……。

それはまた……俺のような新人以下のぺーぺーが持つには畏れ多いな……。

とは言え、やはりなるべく強いものを選ぶべきだろう。

ただでさえ俺は弱いから、装備にも頼っていかねばならないのだ。

よし、まずは無難に剣から試そう。

一番無難そうなショートソードを手に取る。

よろしく頼むなえっと、『エプシロンセイバー』。

……意味はわからないが、君もまた普通のショートソードではないんだな。

「ねえ、受け手がいた方がいいんじゃないかしら？　なんだか自分のことを斬りそうで不安なんだけど……」

「そうだな……ここはやはり私が相手をしよう。子供達《たち》相手にもなれているからな」

「っすね。避けたらご主人が危ないっすし、アイナなら上手く受けてくれるっすよ」

「いきなり人に振るうとか結構怖いんだが……」

「私を気遣ってくれるのはありがたいが、悪いが武器が良いとはいえ、主君に傷をつけられるほど弱くは無いぞ。それに、初めてだと自傷する可能性もあるからな」

「そりゃそうかもしれんが……いや。わかった。じゃあ頼む」

教官であるアイナが言うのだ。これ以上の問答は不要なのだろう。

アイナが俺の前に立ち、自分の剣を抜いて俺に対峙《たいじ》する。

アイナが打ち込んでくるのはないとわかるが、それでも何故《なぜ》か緊張してしまった。

「鎧《よろい》も着ているし、安心していい。もし当たってもダメージは大したことはないから大怪我《おおけが》もしないぞ。まずは好きに打ち込んでみてくれ」

「わかった……。行くぞ」

アイナの言葉を信じて、行くぞ、てやあああ！


……と、意気込んでいた時期が俺にもありました。

「ぜぇー……ぜぇー……ひゅー……ひゅー……」

「主君!? 大丈夫か？」

「全然……だいじょばない……」

無理！ 全く無理！ ええ!? これ俺の体か!?ってくらい動かない！

一時間どころか三十分も耐えられん！

まず、武器が重い！ 一度振るのと、振り続けるのでは訳が違うと再認識した！

「スタミナ、無さ過ぎる」

「ちょっと予想外っすね……流石にこれじゃあ全部調べるのも大変っすよ」

「そうね……まずは走りこみからした方が良いんじゃないかしら？」

「それと、主君はすぐに自分用のアクセサリーを作った方がいい。筋力やスタミナを底上げしつつ訓練をした方が効率が良いと思うぞ」

「お、おっけい！　そうするわ……」

指輪とネックレス、更にはイヤリングもつけよう。

というか、つけられる物は全部つけよう。

なりふり構わないのなら、そこまでするべきだよね！

正直まだ異世界舐《な》めてました！

ステータスとかスキルがあるからさ、こう……すぐに自分に合った武器を見つけて、アイナ達を相手に特訓しつつ倒されて、もう終わりか？　まだまだ！　みたいな展開になると思ってた！

でもそりゃそうだよね。俺社会人になってから運動なんて殆《ほとん》どして無いし。

まだ若いしと油断して健康なんて気にせずに移動は車か電車が基本だし、趣味は山登りや運動なんてこともなく、休みの日はゲームとかカラオケとか飲みに行ったり寝てただけだもん！

そんな俺がいきなりこんな重いもの振り回して体力が持つわけが無い！

はい、無難なこのショートソードの『エプシロンセイバー』君よりも軽い物じゃないと扱えません！

それがわかっただけ、よしとしようか。

「ご主人様、お水です！」

「あり、ありがとー！」

すっかり倒れこみ青空を見上げていた俺をウェンディが抱き起こしてくれて水を飲ませてくれる。

ああ、美味《うま》い。汗をかいているせいかもしれないが、いつもよりも更に美味《おい》しく感じてしまう。

「ねえ、どう思う？」

「長さは問題なさそう。でも、重いと思う」

「かといって短剣は無理だと思うっすよ？　ご主人に超接近戦は流石に……。でもアクセサリーをつければ今のくらいはいけるんじゃないっすかね？」

「余裕があるくらいのほうが良いと思うわよ。次は、槍はどう？　軽い物も多いし、振るから重さで体が持っていかれるのよ。突く一点に絞ればいいんじゃないかしら？」

「中距離という点は悪くないと思うが……重心が安定していない状況だと穂先がぶれるのではないか？」

「それに懐に入られた時に慌てて危なそうっすよ？」

教官達は真剣に俺のことについて意見を述べ合ってくれているようだ。

今思えばAランクの冒険者と、英雄でありユニークスキルを持った隼人とかなりいい戦いをしたシロに鍛えてもらうのだから贅沢《ぜいたく》な話だよな。

習う俺がとんでもなく不甲斐《ふがい》なくてごめんだけど……。

「まあでも、まずはやっぱり問題は体力よね」

「ん。同意」

「そうっすね。地力を固めないと適性もちゃんとわかんないっすよ」

りょ、了解です。

まずは走り込むことにします……。

普段は庭で走ればいいのだが、筋トレも必要だろうし……トレーニングルームでも作ろうかな……。

尚《なお》、部屋数も増えたことだしとトレーニングルームは作ったものの、改めてアイナ達との実力の差を目の当たりにするのだった……。

バーベルをダンベルのように扱うとか……ステータスって恐ろしい。


久しぶりにポーションを持ち込んだ冒険者ギルドは、相変わらず昼間から人で賑《にぎ》わっていて、活気にあふれていた。

わいわいがやがやと、若いのから中年まで人人人で入り乱れており、昼間だというのに既に飲んでいる輩《やから》も含めて相変わらずである。

「え、じゃあ告白はソルテさん達からだったんですか!?」

「ヘタレね……」

「いや、だから私達から言わないと意味が無かったというか……主《あるじ》様からも言ってくれそうだったたのよ？　でもそれを止めたというか……」

……まあ、うちの身内も昼間から酒を飲みながら隠れ人気の高いフレッダを含めた女性冒険者同士で恋愛談義をしているのだが、日頃難易度の高いクエストに駆り出されているのだしアイナ達は良いと思う。

贔屓目《ひいきめ》がきいているかもしれないが、例外というものもあるのだ。

「まあでも、今の幸せそうなお顔が見れただけで満足ですよ！　しかしお三方共とは……お兄さん、豪気ですね……」

「まあ、我々が勝手に惚《ほ》れてしまったからな……。全員を受け止めてくれた主君には感謝しかないよ」

「そうっすねえ……。自分も、こんなになるとは思わなかったっすよ」

「おおー！　乙女！　紅い戦線《レッドライン》が乙女です！　キャー！　それでそれで、どう告白したんですか!?」

と、アイナ達は女性冒険者達に捕まって恋愛話の真っ最中なので巻き込まれまいと俺はそんな輪からは外れ、テーブルに座ってぼーっと手遊びをしている真っ最中である。

「なんだか若旦那が来るのも久しぶりだな……」

「あーそういえばそうか。色々出かけてたりもしたしな」

基本的にポーションはアイナ達がクエストを受けるついでに納品してきてくれるし、この前まで王都やユートポーラと出かけていたのでなかなか来る機会が無かったのだ。

ギルドマスターは暇なのか俺にポーション代を渡したついでに目の前に座るとドリンクを注文し、俺にもサービスだと一杯奢《おご》ってくれた。

「しかし、人が多いな……というか、子供か？」

「お、気が付いたか。孤児院から出て来たばかりの奴《やつ》らがこの前から冒険者になるって来ていてな」

「なるほど……。だからいつにもまして（小）とか（微）の消費が激しいのか」

最近は錬金のレベルだか腕前が上がったせいでかなり手を抜いても回復ポーション（小）になってしまい、仕方なくそれに贋作《マルチコピー》スキルを使って作り出している。

正直、同じ素材で（小）を作れるのでそっちの方が売却価格は高いのだが、需要があるのだから仕方ない。

「んん？　あいつらは何をしているんだ？」

あいつらというのはその新人冒険者らしき子供達と一緒にいる冒険者達だ。

良く見た顔ぶれだが……顔が厳《いか》ついのでつい人攫《ひとさら》いか恐喝ではないかと怪しんでしまう。

「ああ、先輩冒険者が指導してるんだ。最初の頃は無茶をしやすいから、この辺りの魔物の分布図や戦い方を少しだけな。本来ならFランクからなんだが、うちはその下、Gからあるからな。短期間だが、Gランクのうちはランク以上の冒険者がついて指導することになってるんだ」

「なるほどな。で、先生役が大丈夫と判断してから、晴れてFランクの冒険者になる……と」

「おう。危険な仕事だからな……。基本が大事って奴だ」

「……それは最近痛いくらいに学んだよ……」

「ん？　そういや若旦那にゃあ珍しく生傷があるな。なんだ？　鍛え始めでもしたのか？」

「そういうこと……」

「だっはっは。その年からか！　下手するとお前、あの子達より弱いかもしれないぞ？　なんせあの子らは小さい時から冒険者を志して、孤児院でも鍛えていたからな」

「俺もそう思うよ……」

大人だ子供だという前に、この世界にはステータスがあるからな……。

シロのように子供でも圧倒的に大人よりも強いこともあるのだから、ギルドマスターが言うのも冗談ではないのだろう。

「まあ、そうは言ってもまだまだ子供だがな……。無謀と勇気は違うと懇切丁寧に教えてやらにゃあ、早死にしちまうような子供だよ……」

「新人を大切にしているんだな」

「そりゃあな……。俺にとっては息子や娘みたいなもんだからな……」

マスターが新人達を慈しむような目で見つめていた。

その瞳の奥には小さな悲しみが混じっており、おそらく……今までの経験の中で新人が早々に命を落としたこともあるのだろう……。

冒険者ギルドのマスターとして、何度もそういう光景を目の当たりにしてきたのだろう……。

「……あー。Fランク昇格祝い用に、アクセサリーでも送ろうか？」

「お、いいのか！」

なんだかんだ有りはしたが、マスターとはこれからも長い付き合いだし、なにかしてやれないものかと考えたのだ。

だが、まさか体を乗り出してくるほどとは思わなかったが。

「言っとくけど、大したものはあげられないぞ？」

「それでも十分だ！　アクセサリーは後回しにすることが多いからな……。目に見えて強さの変わる剣や鎧を優先しちまうから、なかなか低ランクの内は手が出せないんだよ。……あるだけで、大分生きられるようになるってもんだ」

「なるほどな。まあ、本当に大したものじゃないぞ。渡せてもこんなもんだ」

机の上に紙を一枚置き、一度作ったことのあるものをもう一度自動で作り出せるスキル、『既知の魔法陣《エクスペリエンスサークル》』を発動させる。

思い浮かべるのは、『捻《ねじ》れた鉄のネックレス』。

俺が、初めて作ったネックレスだ。

材料も鉄だけだし、十分に足りているはずだ。

魔力を注ぎ込んでいくと紙に魔法陣が形成されていき、その上にアクセサリーが形をなして完成していく。

『捻れた鉄のネックレス　防御力＋10』

……あれ？　性能上がってないか？

確か前は＋2くらいだった気がしたんだが……。

「こいつは……むしろ中級でも欲しがるぞ……」

「いや待て、ここから大量生産するから！」

このネックレスを元にして、贋作《マルチコピー》で大量生産にうつる。

『捻れた鉄のネックレス　防御力＋5』

防御力＋5とは、鉄製の手甲と大体同じくらいの防御力だ。

しかもこれは、体全体に行き渡る訳で……。

「十分すぎるだろ……」

「……大量に作るから、新人じゃなくても、希望者には配ってやってくれ」

「本当、若旦那は聞いてた通り規格外だな。だが、ありがとな」

マスターは呆《あき》れながらも、お礼を言うと捻れた鉄のネックレスを受け取り魔法の袋に入れて受付嬢さんに手渡した。

ちなみに、以前の受付嬢さんではない。

彼女は現在妊娠中でお休みらしく、代わりはマスターの奥さんだそうだ。

「で、だ……感謝は置いておいて、話を変えるぞ」

「ん？」

「あーなんだ、その……公然と浮気していていいのか？　というか、大丈夫なのか？」

「浮気？　何の話だ？」

「目の前のそれだよ！　神聖なギルドで何してやがる！」

「何って……尻尾のお手入れだが？」

椅子を連ねて横になれるようにして、狐人族《こじんぞく》の女の子の尻尾を綺麗にしていただけですが？

終わったけどまだ動けないようなので、暇だから膝上に乗せたまま尻尾の根元をこねこねしているだけですけども。

「あふぁ……はひぃ……ひぃん……」

「尻尾の手入れ……？　昇天してんじゃねえかっ！」

「馬鹿。変なこと言うなよ。起きてるよな？」

「はひぃ……起きてまふ……しゅごく、気持ちよかったれす……あの、くりくりやめ、気持ちいいの止まりゃなくれ……」

「だそうだ」

残念ながらくりくりはやめられない。

なんというか、新品の筆の根本の硬い毛束を解《ほぐ》しているような病みつきになる感覚なのだ。

「だそうだじゃねえ！　お前なあ……周りをよく見てみろ！　新人が教育受けてる中喘《あえ》ぎ声をあんあんあんあん出させやがって！　見ろ！　顔真っ赤で先輩の声なんざ耳に入っちゃいねえぞ！」

「仕方ないだろうやってくれって頼まれたんだから……」

それに浮気というが元々はソルテとレンゲが原因なのだ。

冒険者ギルドで尻尾がとても綺麗になっているのに気付かれ、どこの手入れ屋なのかと問い詰められた結果俺がやったと言ったらしい。

一応報告は受けていたし、獣人族にとって尻尾はとても大事な部分であり、それを手入れさせるのはたとえそれ専門のお店だろうとも、余程信頼のおける相手でないと許さないようなもの。

いくら俺が尻尾をモフるのが大好きだとはいえ、無理矢理は良くないことくらいはわかっているので俺からは言わないし、いくら綺麗になろうともまあ大丈夫だろうと思っていたのだが……。

『ふん。貴様に尻尾を触らせるなど末代までの恥だが……私の尊敬するソルテさんが、貴様の腕を評価していたから試させてやる！』

と、この狐人族の女性が意気揚々とやってきて、ソルテの方を見ると好きにすれば？　といった顔をしていたので好きにさせてもらった訳なのだが、

『くっ……ひとおもいに好きにしろ！』

『あふぁ……はへぇ……』

『あっ、あっ、あん、気持ちいいっ！　もっとぉ、もっとしてぇっ！　あぁーん！』

と、あっという間に人目もはばからず気持ちよさそうな声を上げていたのだ。

最初はキリッとした狐人族の女性が、くっころさんのようにあっという間であった。

「あり、ありふぁとう……ごじゃました……」

「はいどうも。こちらこそ、尻尾を触らせてくれてありがとうね」

「はひ……あの、また……」

パーティメンバーの女の子が肩を貸しに来てくれたようだが、狐人族の女の子は体を捻《ひね》ってまた
……と告げたので笑顔で応えておこう。

その際に尻尾があまりにも綺麗になっており、周囲の獣人達の目は釘付《くぎづ》けとなり、感嘆の息まで漏れ出る程であったようだ。

「うんうん。やはり尻尾は美しくないとな！」

「はぁぁぁ……終わったんならいいけどよ……」

「ん？　終わりでいいのか？」

「あ？」

「まだまだいるみたいだけど……」

「んんんー⁇」

ギルドマスタがー俺が示す自分の背後を振り向くと、何時《いつ》の間《ま》にやら列を為《な》している。

全員が全員獣人であり、皆大事そうに自分の尻尾を抱きしめるようにしていて、こちらを期待するような瞳で見つめている。

「あ、あの、次お願いします！」

「あー……」

ちらりとギルドマスターの方を見る。

どうやら鼬人族《ゆうじんぞく》の獣人ちゃんはギルドマスターなど眼中にないようだが、一応ここは冒険者ギルドでこの人はここのマスターだ。

ギルドマスターが駄目だと言えば、流石にここで行う訳にもいかず、かといって俺の家に全員連れて行くというのもご近所さんから女を沢山連れ込んでと噂《うわさ》されてしまいかねない。

ということで尻尾の手入れをするのは構わないが、ギルドマスターから許可を得なければいけないのだが……。

「っ……はぁぁぁ……新人は今日は実践練習に切り替えだ。俺が連れていくよ……」

おっと？　止められる流れかと思ったのだが、どうやら理解したらしい。

ここで止めれば反感を買うのは自分だと……。

獣人にとっては尻尾はとても大切なものだ。

それを綺麗にする機会を奪ったとあらば……後が怖いと読んだか。

さて、俺も一応お伺いをたてなければ。

本人よりも先にソルテをちらり。

「……はいはい。いいわよ」

「いいんですかソルテさんっ!?　ちょ、あれはいいんですか!?」

「仕方ないじゃない……主様だもの」

「っすね……まあ、ご主人は尻尾大好きっすし、仕方ないんすけど……あれ絶対リピーターになるっすよね……」

「そうね……。間違いないわね。主様のアレ……すっごいし……」

「そ、そんなにですか？」

「らしいぞ。私は尻尾がないからわからないが……」

むすっとアイナが頰を膨らませて果実酒を煽《あお》りながらこちらを不満そうに見ているのだが、察するにオーケーらしい。

「……どうやら良いみたいだし、俺は構わないんだけどさ。確認なんだけど……本当にいいの？」

続いて本人確認だ。

何度も言うが獣人にとって尻尾はとてもとても大切で、僅か数回しか話したことがない専門職でもない異性に頼むなんてことは本来あり得ない話なのだが……。

「はい！　私のも気持ちよ……綺麗にしてください！」

こうまで言い切られてしまっては俺としても断りようがない。

……別に色々な尻尾を堪能出来て嬉《うれ》しいとか思ってるわけじゃないこともない。

うん嘘《うそ》です。嬉しいし楽しい。

ギルドマスターがもしダメだと言っていたら、俺も便乗してブーブー言っていたくらいだろう。

まあ、ソルテ達に駄目だと言われれば大人しくお断りしたかもしれないが……。

……し・か・も！

今日はリートさん監修のトリートメント等の美容系薬品も用意済みだ。

流石は先輩のリートさん、相談してから作るのが早い。

まだ試作段階であるにもかかわらず効果は折り紙付きで、仕上がりが段違いに良くなっているのである。

「それじゃあ、遠慮なく乗っけちゃっていいよ」

俺は膝上に大きめのシートを敷いて床にも垂れるようにしておく。

一応ここ飲食もするので抜けた毛などは後で回収しておかねばならないからな……。

まあ、あまり気にする人達ではないだろうが、衛生管理は大切なのだ。

「は、はい……よろしくお願いします」

緊張しているのかたどたどしいのだが、一度俺の横の椅子に腰を下ろしてから靴を脱ぎ、上半身を倒してからゆっくりとうつ伏せになり、腰の部分を俺の上へと下ろしていく。

「少し動かすね」

「あ、ひゃああ！」

微調整として俺が腰を摑《つか》み、やりやすい位置へと動かして準備完了。

「じゃあ、まずはスキンケアからね」

「は、はい！」

大事な部分なので肌のケアを忘れるわけにはいかない。

両手につけたリートさん特製の『1番』のスキンケアでまずは地肌に馴染《なじ》むように、しっかりと浸透するように揉《も》み解していく。

続いて『2番』と書かれたものを使い、尻尾に住み着いたダニなどを殺すために、尻尾全体に行き渡るように揉みこんでいった。

「ふわ……」

「痛かったらすぐに言ってくれな」

「は、はいー……。大丈夫です。もう気持ちいいです……」

目を細めて気持ちよさそうにしている鼬人ちゃんをゆっくりと、快楽という名のまどろみへと落としていく。

「それじゃ、ブラッシングを始めるね」

「はい……その、誰かにしてもらうのは初めてなので、お手柔らかに……」

「うん。優しくするね」

さて、まずは根元からゆっくりと。

目の粗い物から徐々に細かい物へとシフトしていき、しっかりとやり残しの無いように持ち上げて裏側もこなしていく。

古くなった毛や既に抜け落ちている物の絡みついている毛を落とし、スキンケアによって死んだダニなども一緒に払っておく。

「んん……っあ……そこ……」

「ん？　ここがいい？」

「はい……。すごくいいです……あっ、ああっ！」

次第に顔が紅潮し、声も自重しなくなっていくのだが……途中で止《や》められるほど俺のブラッシングはぬるく無い。

気持ちのいいところがわかれば、後は重点的にそこを攻めてあげるのが俺の優しさなのだ。

「やあ……駄目……駄目……ですっ！　あっ、あんっ！　激し……んきゅ、ぅ……」

「声……出ちゃってるけど大丈夫？」

「っ……ん、んふーっ！」

必死に口を押さえて声を抑えるも、息遣いが荒くなるのを止められない敏感な鼬人族ちゃん。

しかし、この子はアレだ。

シロのさらさら感＋ソルテのボリューム割る2って感じだな。

解きほぐすと一本一本が長くしなやかであり、触り心地は指と指の隙間を抜けていくような感じで気持ちいい。

「んんんっ！　んっ！　んぅっ！　はっ、んんー!!」

「あ、っとごめんごめん。仕上げするね」

ついつい触り心地が良くてやりすぎてしまった。

最後の仕上げ用の『３番』の尻尾用のテールケアを両手でしっかりと、馴染ませるように満遍なく尻尾に塗って馴染ませる。

これが乾きやすい尻尾に潤いを与え、より輝いて生き生きとした尻尾を作り出してくれるのだ。

「はぁ、はぁ……お、終わりですか？」

「うん。これで最後」

「へ？　っっっ!!」

最後は俺の特製マッサージである。

押したり揉んだり擦《さす》ったり、軽く握ったりしながら血流を促していくのだ。

「ん、んきゅぅーっ！」

一際大きな声を上げて体をびくびくと震わせ、声を出し終わると同時にへたりと力を抜いて体重を預けてくる鼬人族ちゃん。

はぁはぁと声を荒らげ、額には汗をかいており前髪がくっついてしまっているので人差し指ですっとどかしておいてあげた。

「あー……動ける？」

「む……無理です……腰が……」

だよね……。浮かせようとするとがくがくしてるもんね……。

じゃあ少し休ませるしかないのだが、そうなると並んでいる人達全員は……と思っているとその中から何人かがこちらへとやってきて鼬人族ちゃんを抱えだした。

「あーん……もうちょっと余韻に浸らせてよぉー」

「あとがつかえてるのよ」

「終わったらさっさとどく！」

「ううう、そんなこと言ってあんた達だって一緒なんだから！　絶対動けなくなるし、動きたくなくなるんだからー！　あーん！　またやってくださいー！」

ああうん。またやらせてもらえるのなら、こちらとしては喜んでなのだけれど……。

おお、椅子に乱暴に座らされたと思ったら処置の終わった尻尾を皆で見ている。

鼬人族ちゃんも自分で改めて見て出来にうっとりしており、俺と目が合うとにこっと笑いかけてくれた。

どうやら満足はしてくれたらしいな。

「それじゃあ、次の人どうぞ」

さて、残りの子達皆綺麗にしてあげねばと、一人一人大切にこなしていったのだが……。

「おらあああああ！　待てこらあああ！」

「ひ、か、カンベンしてくれ！　俺は男だぞ！」

「知るかアアア！　並んだんだから相手してやんよー！　綺麗綺麗してやんよー！」

冒険者ギルド内を獣人男冒険者を追いかけて駆け回る俺。

女の子達の反応を見て、冗談で並んだというのだがそいつの尻尾の手入れがあまりになっていなかったのだ。

「ぐわああ！　て、てめえ！　脚をひっかけやが」

「へっへっへ。面白そうだやらせてやれよ」

「馬鹿言うんじゃねえ！　ちょ、あ！」

「つーかーまーえーたー！」

転んだのを見てしっかりとその上に馬乗りになってやった！

流石に野郎をうつ伏せで俺の膝上に乗せるのは気持ちが悪いから、これからは野郎はこの方式だな。

「ひゃっはあああ！　綺麗にしてやるぜ！」

「や、やめ！　やめろおおお！」

「いいのか!?　暴れたら俺は死ぬ！　死ななくとも大怪我するぞ！　そうなるとアイナ達が黙って

いないぜ！」

鍛え始めてより一層良くわかったが俺は雑魚だからな！

熟練の冒険者であるお前が暴れれば、俺は間違いなく死ぬのだ！

「そんな……くっ……アアアア！」

「はっはっは！　男の獣人は、女の子に比べて一本一本が太くて尻尾が少し固めなんだな！　だがお前、手入れがずさんで手触りが悪いんだよ！　だが俺に任せておけ！　綺麗にしてくれるわっ！」

「ぐううう……なんだこの気持ちよさは！　抗《あらが》えな……ウウアアアアア！」

どうだ！　お前のすさんだ尻尾にもキューティクルが戻ってきたぞ！

さわり心地も段違いだ！

これからはしっかりとケアを忘れるんじゃないぞ！

「……あれが、お好きな人でいいんですよね？」

「言わないで……。ちょっと葛藤しそうだから言わないで……」

「ご主人は尻尾とか凄く好きなんす。男女関係なく……。それだけっすよ……」

「ちなみに頼めば髪でもやってもらえるぞ。リートさん特製のヘアーケア付で、こちらももの凄く気持ちがいい。が、やはり尻尾は一味違うようだ」

「……へえ髪もしてくれるんですか。今度頼んでみようかな」

よしよし。

大分綺麗になったな！

さっきまで荒れ放題だった尻尾にキューティクルが生まれている。

後は継続的にケアしていけば、立派なモフ尻尾となるだろう。

「よし！　満足だ！」

「ひぐっ……えぐっ……もうお婿に行けない……」

「うわ、でも見て。凄く綺麗……」

「そうだよ！　前よりも魅力的になったじゃない！」

「そ、そうか!?　いや、でも確かに……」

「さあて、お次は……」

「主様、もういないわよ？」

「んー……終わっちまったか……残念だ」

ここにいる獣人の尻尾は全て綺麗にしたので、今度はいないない子達をやりに来ようと誓い、俺はアイナ達のいる席についた。

「しかし、長いことやってたわね……楽しかった？」

「楽しかった！　いやあ、今日は良い日だ！」

「獣人がお好きなのですか？」

「いや？　尻尾が好きなんだ！　もふもふがたまらないんだ！」

持っていた櫛《くし》をペン回しのように回転させつつ辺りを見回すと、どの獣人の尻尾も輝きを放っているように思えるほど綺麗になっていることに満足する。

「しかし、自分で言うのもなんだが大人気だったな」

楽しかったが少し疲れたので肩を回すと、凝ったのかコキコキッと音が鳴る。

指も解すとちょっとだけ疲労がたまっているようであった。

「まあ仕方ありませんよ。ソルテさんが大絶賛していましたからね……」

「私、そんなに絶賛していたかしら……？」

「そりゃあもう。ユートポーラから帰ってきてからずうううっとのろけ話でしたよ」

「嘘！　そこまでじゃ……無かったと思うんだけど……」

へえ。冒険者ギルドではそんな感じだったんだな。

最近は隙を見て抱きついてきたり、急に二人きりになると無言でん……っと、キスをせがんでくるようになったくらいだったが、俺の知らないソルテの一面だな。

「ソルテたんはわかりやすいっすからねえー」

「いやいや、レンゲさんも変わりませんから。普段よりも三割増しくらいで笑顔が輝いてましたよ？」

「えええ!?　そ、そうだったすか!?」

なるほどなるほどとご機嫌のまま俺は満足して櫛を櫛容《い》れへとしまい、他の道具も丁寧にしまい込んでいく。

「あれ？　こっちにも櫛があるんですね？」

「おう。それはソルテとレンゲとシロ用だな」

「おお、特別扱いですか？」

「その通り、特別扱いだ！」

フレッダが茶化すような口調でからかってきたのだろうが真っ向から受けてたとう。

やはり三人の尻尾をするのならば特別製である必要があるからな！

「むう……」

ぷくーと頬を膨らませてジョッキを持ちながら俺を睨《にら》むアイナ。

俺が気がつくが早いかアイナが立ち上がるのでそちらを見ていると俺に近づいてきた。

どうやら既に結構飲んでいて酔っているらしく、瞳がとろんとしている。

「ずるい……」

「ずるい？」

「主君はソルテやレンゲばかり構うではないか。私には尻尾がない……。だから、その分多めに私にも構うべきだと思う」

だから、とアイナは俺が何かを言う前に行動を示した。

……俺の膝上に向かい合うようにして乗ると言う行動に。

「「ああー！」」

「今日はシロがいないからな。ここが空いているので私が座る」

むふーと満足げなアイナはジョッキを持ったまま腕を俺の首の後ろに回し、より安定するように腰を跳ねさせて深く、体を寄せて抱きつくようにした。

「ちょ、ちょっと何してるのよアイナ！」

「主君に構ってもらっている」

「いやいやいや！　冒険者ギルドで何してるんすか！」

「別に主君の上に座っているだけだ。変なことはしていない」

いや、なんというかこの体勢なだけで十分変なことではないかと思うのだが……。

膝上に感じるアイナのお尻や太ももの感触と抱きつかれているので胸板に感じる特別柔らかい感触にこちらとしても体が拒否していない。

クエストに行っていないので汗もかいておらず同じ石鹸《せっけん》の匂いのはずだが、アイナからは少し柔らかくて甘い香りがしている気がして、余計にどかそうとは思えないのである。

「ふふふ。こうすれば主君を独り占めだ」

アイナが首をきゅっと抱きしめてまさしく視界にはアイナしか入らなくなり、とろんと緩んだアイナの瞳を真っ直《ま》ぐ《す》に見つめた。

「あう……その、あまりじっとは見ないでほしいのだが……」

独り占めと言ったり、見ないでほしいと言ったり矛盾しているが、酔いという勢いをつけて行動してしまいはしたが、完全に酔い切れてはおらず、素面《しらふ》の面も残ってしまっているのだろう。

ならば……。

「いやだ。じっと見る」

冒険者なのに傷ひとつ残っていないシミ一つない美人なアイナ。

紅髪も近くで見ると一本一本が美しく、長い髪であるのに手を入れても指から流れるようにさらさらで綺麗だ。

ぷるんとしていて、柔らかい唇は吸い込まれそうなほど魅力的で、いっそ吸い込ませてしまおうかと思ってしまう。

「ううう……主君は意地悪だ……」

俺が見つめていると限界が来たのか体を倒し、俺に密着して顔を見せないようにしてしまうアイナ。

「アイナが綺麗だからな……。いつまでだって見ていられるよ」

「女誑《たら》しめ……。主君は誰にだって優しいからな。私はそんな甘言に騙《だま》されないぞ」

「アイナ誑しなだけなんだけどな……。むくれてるアイナも可愛《かわい》いな」

「っ……そんなことを言うのは……ずるい。どうしようなく嬉しくなってしまうではないか……」

アイナが弱すぎるだけな気もするが、恥ずかしがりながらも喜んでくれているようなので俺としては満足だ。

「うう…………主君には一生口では勝てない気がする……」

「ごめんな。からかいすぎたか。許してくれるか？」

「どうせすぐ許すと思っているのだろう？……もう少し抱きしめていてくれるのなら許す……」

「お安い御用で。ただ、周りの目を気にしないならだけど……」

「周り……？っ！」

今頃気づいたのか、顔を起こして周囲を見るアイナ。

当然のことだが、このテーブルにいる冒険者どころか冒険者ギルドにいる冒険者全員がアイナの方を見ていた。

まあ、当然だろうな。

アインズヘイルの冒険者で一番の紅い戦線《レッドライン》。

その中でもリーダー的な存在で普段はキリッとしていて大人っぽく、理想のお姉さんであり、女性でもファンになるようなアイナが女の顔をして甘えているのだから注目もされるだろう。

「終わったっすか？　で……何を二人きりの世界に浸っていちゃついてるんすかね？」

「そうね。アイナ。主様は平等に分かち合うんじゃなかったのかしら？」

「っ……あ、いや……これは……」

さっきまでは強気に出ていたようだが、周囲を認識したことにより酔いが覚めたのかしどろもどろになるアイナ。

だが、今日のアイナは一味違った。

「……さい」

「え？」

「うるさいうるさいうるさい！　主君の膝上は渡さんからな！　今日はここは、主君は私のものなのだ！」

ぎゅううっと力強く俺を抱きしめるアイナ……。

アイナに力強く抱きしめられたら雑魚な俺は痛いはずなのだが、しっかりと力加減はしてくれているので痛みよりも押しつけられるおっぱいの感触を堪能させてもらう。

「ちょ、ちょっとアイナ!?　落ち着きなさい！　皆見てるわよ！」

「構うものか！　今日の私は絶対に譲らん！　尻尾を使って二人はイチャイチャと……分かち合うのならば今日くらいは目を瞑《つぶ》るべきだ！」

「それは主様が尻尾大好きなんだから仕方ないでしょ！」

「そうっすよ！　ご主人も望んでるんすから！」

「ふん！　私が知らないとでも思っているのか？　尻尾を使って主君と二人きりになった後、尻尾の手入れが終わった後にゴニョゴニョしているのもウェンディと私は知っているのだからな！」

「ギャー！　な、何を言い出すんすか！」

あー……。

「皆の前で言わないでよ！　嘘。嘘だから！　そんなにはしてないから！」

ソルテよ。そんなに焦って取り繕うと余計に信憑性《しんぴょうせい》が増してしまうものだぞ。

というか、男冒険者からの視線が超痛い……。

羨望と嫉妬と……憎悪の念が詰まった視線が次々と突き刺さるが、とはいえ事実なので甘んじて受け入れよう。

「今日は元々私の番なのだからな！　いつからしようとも私の自由のはずだ！」

「わあ……順番性なんですね。と言うことは日替わりで毎日……？」

フレッダが尋ねるように俺に問うてくるが、返事がしづらい質問だ。

だが、どうやら無言の肯定ととられたらしく、小さい声で『絶倫皇の再臨……』と呟《つぶや》かれてしまった。

いや、俺流れ人だから、再臨とか言われても違うよね？

「ア、アイナそれも言っちゃうんすか!?　ソルテどうするっすか！　アイナが暴走してるっすよ！」

「わからないわよ！　ちょっと、なんとかしてよ主様！」

暴走しているのだからどうしようもないだろう。

顔を真っ赤にし、目もぐるぐるとしていてもはやアイナも何を口走っているのか認識していなそうだしな……。

　正気に戻った後には、とてつもなく恥ずかしがり今以上に顔を赤くして顔を押さえてしゃがみこんでしまうだろうが……。

「今日の主君は私のものなのだ！」

「憧れも、女の子か……」

「でも三人とも幸せそうですよ」

「そうよー。冒険者だって女の子だもん。女の幸せも手に入れて、羨ましいわ……」

「ああ、アイナ様……あんなに女の顔になって……」

「ソルテさん……もうあの冷たい目で俺を見てくれないのか……」

「というか……人前でいちゃついてんじゃねえよぉ……。泣くぞ？　そろそろ俺等《おれら》泣くぞ……」

「絶倫皇……」

「アアアア!!」という男冒険者達の低く鈍い声が冒険者ギルドに響き渡るのをまるで聞こえていないというように、アイナは俺を抱きしめ続けるのであった。

第四章　お茶会のお客様

いやー『座標転移《ポイントゲート》』は素晴らしいね……あっという間に王都だよ。

全員で来てるからMPの消費は激しいけども……。

隼人《ハヤト》邸の一室を座標登録させてもらっているのでそこに飛び、執事長であるフリードと挨拶を交わしてすぐさま呼ばれた王城へ……。

そう。向かう先が王城なんだよなあ……凄《すご》い嫌な予感がする。

「お、来たか来たか。ご苦労である」

「約束したしな……しかし、なんで王城なんだよ……」

それになんで俺以外はお着換えに連れ出されたんだ？

俺は着替えなくていいの？　普段着なんだけど……。

「まあ、それなりの相手という訳だ。だが、別に気を遣わんでも良い。いつも通りで問題ないぞ」

「……信用できねえ」

「むう。生意気であるな……。それよりも、新作は作れたのか？」

「まあ一応？　それなりには自信があるぞ」

なんせ特別なストロングベリーが手に入っているからな。

あれだけでも十分新作と呼べるものなのだが……もうひと手間加えさせてもらったからな。

「ほう。ではそれを楽しみにしておくか。無論、報酬も用意してやるぞ」

「失礼します。アヤメです」

「おお、入れ入れ」

先ほどウェンディ達《たち》を連れて行ったアヤメさんが帰ってきて、アイリスと二人きりの部屋に入ってくる。

そして、そんなアヤメさんの後ろからやってきたのは……。

「おお！　メイドさんだ！」

メイド服に包まれたウェンディ達が、多種多様な反応で部屋に入ってくる。

「ご主人様！　どうでしょう？」

「凄い似合ってる！　可愛《かわい》いぞ！」

「えへへ。いっぱいご奉仕してしまいます！」

ウェンディがくるりと一回転し、ふわりと浮き上がるスカートから伸びるガーターベルト。

色白な素肌とガーターベルトに、真っ白なハイソックスが見事なバランスで、ちょっと下から眺めさせてほしいと懇願してしまいそうになる。

「ちょっと、ウェンディだけ褒めないでよ」

「あ、あれえ？　ソルテたんは恥ずかしがると思ってたんすけど……っていうか、ちょっとだけ恥ずかしくないっすか？」

「う、うむ……裾が……」

「いや、アイナは恥ずかしがりすぎっすよ。普段のスカートもこんなもんっすよ？」

「だ、だがこんな可愛い服……私には似合わないだろう……っ！」

「そんなことないさ。三人とも似合ってるぞ。凄く可愛い」

というかアイナのその所作は王道であり鉄板である。

レンゲのご立派な太ももも映えているし、ソルテもふさふさ尻尾とメイド服の相性は悪くない！

「ん。シロは？」

「勿論《もちろん》シロも可愛いぞ！」

「んー。シロもいっぱいご奉仕する」

とは言いつつ俺の膝上にダイブするシロ。

その際にスカートの中身が見えたのだが、中は普段着ている戦闘着のようだ。

戦うメイドさんか……アリだな。

「おほん。恋人達を褒めるなとは言わんが、そろそろ行くぞ？」

アイリスが部屋を出たのでそれに続くようにして王城の廊下を進む。

すれ違う使用人と思わしきメイドさん達と同じデザインのようだ。

「あれ？　俺は普段着でいいのか？」

「構わん構わん」

再確認したんだが、あれー？　ということはそこまで位が高い相手ではないのだろうか？

「ほれ、ついたぞ。暫《しば》しここで待っていてくれ」

「ああ……もうか。惜しいな……もっと皆のメイド服を目に焼き付けたかったんだが……」

「む？　礼としてそれは持って帰って良いぞ？」

「まじでかっ！　ありがとうアイリスー！」

このメイド服はかなり出来が本格的だからな。

おそらく本場物をそのまま用意してくれたのだろう。

よし。ぎゅううっって抱きしめてやろう……と思ったのだが、アヤメさんに顔を片手で押さえつけられてしまう。

「……何をする気なのでしょうか？」

うう、身も凍える程に冷たい言い方だ。

ちょ、ちょっと喜びを体で表そうとしただけじゃないですか……。

そんなに怒ること無いじゃないですか……。

「何をしておる？　イチャつくのは構わんが、先に入るぞ。声をかけたら入ってくるがよい」

「あ、ちょっとアイリス様!?　イチャついてなどいませんから！」

そう言いつつ、一室へと入って行ってしまうアイリスとアヤメさん。

ふふふーん上機嫌だ！

「……中に一人、強い人がいるわね。もう一人はそこそこね。アヤメじゃないとしたら……相手の護衛かしら？」

「一人は普通だが、もう一人は私よりも強いかもしれないな……」

「シロ的にどうっすかね？」

「んーまあまあ」

「まあまあっすか……まあでも、危ない雰囲気ではないっすし、皆も揃《そろ》っているっすし問題ないっすね」

「俺には全くわからないんだが……」

浮かれていたからとかは一切関係なく、中に何人いるだとか、どれだけ強いかとかまったくこれっぽちもわからない……。

鍛え始めたばかりとはいえ、遥《はる》か遠いなあ……追いつきたいわけではないのだけど……。

「入ってきてよいぞ」

おっと、お呼びがかかったな。

さあて、アイリスのお茶会の相手はどんなお方なんだろうな。

少しだけ緊張しつつ、部屋に入る。

「失礼しま……す……」

思わず段々と語尾が弱くなっていってしまう。

え……。

な……ななな……。

「どうした？　何故《なぜ》固まっておる」

う、嘘《うそ》だろ？

そんな……こんなことってあるのか？

「おーい……？」

「ふむ。あれがアイリスのお気に入りか……動かぬなあ」

そりゃ、固まりもするっての……。

こんなの……どうしたって釘付《くぎづ》けになってしまう。

瞬《まばた》き一回が勿体無《もったいな》い。

脳内フォルダに名前をつけて何枚も保存するように、目の奥に焼き付けざるを得ない。

何故なら……。

「わ、私よりも大きいです……」

「あんなのって……世の中不公平にも程があるわよ……っ！」

ウェンディよりも大きなおっぱいの同い年くらいの大人の女性が、わざわざ胸の谷間を強調するようなエロスなドレス姿だったのだ。

おそらく彼女がアイリスの友人なのだろう。

一目でわかる。彼女は、間違いなく高貴な人だ。

隼人が伯爵だとして、侯爵か、それとも公爵か……ともかく、粗相など出来ないと緊張が高まっていくのを感じる。

一体、何者なのだろうか……。

「ふむ。部屋に来たことだし言っておくか。こやつは帝国の皇帝の姉。シシリア・オセロットじゃ」

「シシリア・オセロットだ。我の友たるアイリスのお気に入りよ。今日は楽しませておくれ」

…………は？

いや、え？　おい、待て。帝国の……皇帝の姉？

なんで帝国の皇族相手に、普段着で接客せねばならんのだ！

アイリスてめえ……全然問題なくないじゃねえかよ！

俺だけ私服のこの場違い感、どうしてくれるんだ!?

どどどどど、どうする？　着替えてくるか？　いや、踵返《きびす》したら余計に失礼か？　そもそもなんで皇族だって言わなかったんだよ！　楽しそうに笑ってるんじゃねえぞアイリスううう！

「アイリス？　目を見開いて固まっているようだが……話しておかなかったのか？」

「うむ。見事に固まっておるな！　来るまで秘密にしておって正解じゃった。というかあやつ、悩んでいながらもお主の胸しか見ておらぬのではないか？」

「そうみたいだな。しかし、頭を働かせているようだが視線は真っすぐに我の胸に注いだままか……情熱的な男だな」

しまった！　ついつい無意識のまま目線だけはそこに注目してしまった！

「……早く挨拶なさい。失礼ですよ」

「っ、あ、本日はよろしくお願いします！」

「自己紹介も」

そ、そっか。サンキューアヤメさん。

アヤメさんのサポートのおかげでなんとか調子を戻せそうだ。

あまりの衝撃に常識が飛んでいきそうだったから本当に助かった。

「普段はアインズヘイルで錬金術師をしている忍宮一樹《シノミヤイツキ》です。趣味で料理やお菓子作りを少々嗜《たしな》んでおり、アイリス様に気に入っていただいたようでして……。その、本日はよろしくお願いします」

「二度もよろしくされてしまったな。緊張せずとも良い。今回は我とアイリスの私的な茶会だ。よっぽどでなければ無礼打ちすることも無いので、お主も楽しんでおくれ」

「はいっ！」

思わず畏《かしこ》まってしまった。

アイリスと違って気品に満ちており、アイリスと違って懐の大きさを感じ、アイリスと違って胸が大きく、アイリスと違って大人の女性である彼女に、緊張してしまっていたのかもしれない。

いやあ、凄いね大人の女性って。

「それにしても、お主は大きな胸が好きなのか？」

「はい！　大好きでぐあぼ！」

「口に気をつけなさい。あなたの首が刎《は》ね飛ばされても知らないわよ」

「う、うっす……」

アヤメさんの肘鉄が……バッチリわき腹にはいった……。

好きかと問われたから素直に答えようとしただけなのに……。

「ふふふ。そうかそうか。それならばもう少し近くで見るか？　我にとっては邪魔な物だが、貴方《あなた》にとっては素晴らしい物なのだろう？」

「い、いいんですかぁー!?　うぁっと、危ない！」

流石《さすが》に二発目は避けるぜ！

これでも最近鍛えて……あ、ごめんなさい睨《にら》まないでください。ちゃんと当たります。ごめんなさい！

「調子に乗らないように」

「はいっ、んんーっ！」

……あっぱ……痛……。

シロ、大丈夫だから暴れださないでね？

「ふふふ。アヤメとも仲の良い面白い男だな。じっくり見ても構わないが……我を満足させることができたらだぞ？」

え、満足させる……？

………むふふ。

あ、やめて！　もう叩《たた》かないで！

わかってるから！　お菓子のことでしょ！

大丈夫だから！　仲が良いって言われて否定したい気持ちも乗せているのだろうけど、それは八つ当たりでしかないっ！

「……さて、談笑も良いが、そろそろ本題に入ろうかの」

「そうだな。続きは後の楽しみに取っておこう。それで、今回はアイリスが見つけた『生涯の伴侶レベルの菓子』であったな」

「うむ。これにはシシリアも度肝を抜かれるじゃろうな。わらわの勝利は既に手の中にあるのじゃ」

「前回は我のチョクォの前に放心しておったと思ったのだが……？」

「ふん。余裕ぶっていられるのも今のうちじゃ！　おぬしなどわらわお気に入りのアイスを食べたらトロットロじゃぞ？　もう、ふにゃーってなって椅子から転げ落ちるわ！」

「ほーう。それは楽しみだな。確かアイリスはチョクォを食べた時に椅子から滑り落ちていたが」

「アレ以上の衝撃じゃったもん！　ええい、問答は無用！　頼むぞ！」

頼むも何も……勝負だったなんて聞いてないぞ？

負けたら……というか、勝敗の基準なんてお互いの個人的嗜好《しこう》次第だろうし、というかそもそも……。

「先に聞いておきたいのですが俺は平民です。皇族のシシリア様が平民の出す物を食べて大丈夫なのでしょうか？」

「安心するとよい。帝国は実力至上主義。実力がある者は平民であろうと認められ、実力無き者は貴族であろうと排除されるのが帝国の理《ことわり》だ。アイリスに認められた時点で実力があるのはわかる。だから、問題など何もないぞ」

実力至上主義。

出来る奴《やつ》は上に登り、出来ないやつは落ちていく弱肉強食の国なのか……。

ノシ上がるのならば最高かもしれないが、俺には肌が合わなそうだな。

「わかりました。それでは……調理に入らせていただきます」

「ほう……ここで作るのか……」

ライブクッキングというものがあるのだが、目の前で調理をしその工程までも楽しんでもらうという趣向だ。

そして、これは俺の新作アイスととても相性が良い。

魔法の袋に偽造した魔法空間から特殊な装置を取り出し、魔力を注ぐ。

すると、装置に取り付けられた水の魔石が上部の大理石をキンキンに冷やしていく。

十分に冷えたら焼き菓子で出来た器を用意し、液状のバニルアイスの元、完成済みのバニルアイス、各種ジャム類、凍らせたクランブルーベリーとストロングベリーを用意する。

「なんだあのストロングベリーは……」

「わらわもわからぬ……！　なぜそんなにも輝いておる！」

それはこいつらが特別なストロングベリーだから。

お前達は約束した通り、高貴な人達に食べてもらうからな。

俺は、約束を守るぞとストロングベリーを見て頷《うなず》くと、凍っているはずなのに更に光が増していく。

それじゃあ始めるぞと二本の金属製のヘラを取り出し、キンキンに冷えた大理石の上にバニルアイスを落としてヘラで裂くように崩して広げていき、そこに凍らせたクランブルーベリーとストロングベリーを投下する。

すぐさまカカカッと素早く切り刻み、アイスに乗せてはまた刻みながら混ぜ、真っ白なバニルアイスが刻み混ぜるたびに赤と紫のベリー色に染まり、見事なコントラストが生まれていく。

よく混ぜ、よく刻む。だが、どちらも過ぎては面白くない。

だが、刻み続けねば生まれぬ食感もあるのだ。

「ほう……火ではなく、冷気で調理するのか……」

始めは硬めだったバニルアイスがだんだんと滑らかに柔らかくなっていき、少し伸びるようになったころを見極めて全てを纏《まと》め、焼き菓子の器へと乗せる。

冷凍してもまだなお輝き続けるストロングベリーを刻んで上からふりかけ、更に追い打ちをかけるように輝くストロングベリーで作ったソースをかければ完成だ。

「これは……美しいな」

「うむ……。芸術のようである。わらわもこれを食すのは初めてだが……断言できる。これは今まで食べたどの菓子よりも……美味《うま》い」

「名前は確か、チョップアイスだったかな？」

元の世界で一度食べたことのあるアイスクリームだ。

店員さんが歌ってくれたりするんだよな……男一人だと少し恥ずかしかった思い出が……。

ただのアイスよりも柔らかく、だが冷えた大理石の上で調理するので冷たいままなのだ。

果実も磨《す》り潰したものではなく、果実を切り刻んでいるので食感もアクセントとして面白いのが特徴的である。

「あいす……とは、この冷たい菓子の総称か？」

「ええ。白いのがバニルアイスです。今回のは……ベリーアイスでしょうか？」

「なるほどなるほど……。アイリスが絶賛していたアイスとはこれか……」

ストロングベリーがメインではあるが、クランブルーベリーも入っているのでベリーアイスで良いだろう。

「それでは、器も食べられるのでぜひお楽しみください」

「待ちきれんぞう！　シシリア、早速食べようぞ！」

「うむ。ああ、甘いバニルの香りが良い……では一口……」

「シシリア様。まずは私が毒見を……」

「む。大丈夫だとは思うが……すまない、よろしいか？」

「はい。勿論です。御身を思えば当然のことかと」

まあ当然だろう。

アイリスが連れてきた者とは言え、得体が知れない男が作ったものだしな。

それよりも、シシリアに声をかけた毒見をする騎士さんが兜《かぶと》を外した姿に驚いてしまう。

長い金髪が兜を外したことにより現れ、そして凜《りん》とした表情の真面目そうな女騎士だったのだ。

「では、失礼いたします……」

女騎士さんが銀の匙《さじ》でアイスを削り、口に運ぶ。

「っ……！」

口に入れた瞬間に頬を緩ませ、身悶《みもだ》えして年相応に体全体を使って美味《おい》しいと表現してくれる女騎士さん。

オーバーラップ文庫＆ノベルス NEWS
青春JKが綴る、
残念系ラブコメ!?
陰キャラ教師、高宮先生は
静かに過ごしたいだけなのに
JKたちが許してくれない。1
著：明乃鐘
イラスト：alracoco
2103 B/N

文庫
注目作
誰も信じるな。
ガンナー・ガールズ・イグニッション
Case1.フェイタル・インシデント
著：山口 隼　イラスト：一色

神の干渉に抗え
ノベルス
注目作
不死者の弟子３
～邪神の不興を買って奈落に落とされた俺の英雄譚～
著：猫子　イラスト：緋原ヨウ

新情報ゾクゾク＆豪華声優陣集結!
ありふれた放送で世界最強
OVERLAP bunko 8th Anniversary
オーバーラップ文庫
8周年記念オンラインイベント開催決定!
2021.4.17[SAT] 17:00 START
本イベントでは豪華キャスト陣を迎え、TVアニメ化決定タイトルをはじめとした
オーバーラップ作品の最新情報を一挙にお届けします!
ありふれた職業で世界最強
ARIFURETA SHOKUGYOU DE SEKAISAIKYOU
総合司会 ユエ役 桑原由気さん
総合司会 ティオ・クラルス役 日笠陽子さん
出演者 南雲ハジメ役 深町寿成さん
現実主義勇者の王国再建記
HOW A REALIST HERO REBUILT THE KINGDOM
出演者 ソーマ・カズヤ役 小林裕介さん
出演者 リーシア・エルフリーデン役 水瀬いのりさん
他にも人気作品が参加予定!
リアルタイムでTwitter投稿企画も開催予定!
最新情報はイベント特設サイトをチェック!!
https://over-lap.co.jp/lp/8th/
特設サイト
Twitter
LINE
B/N

というか、もう一口食べそうになって匙を伸ばしかけていた……。

あれ？　凜とした女騎士さんだと思ったんだけどな……。

「っ、も、問題ありません。とっても美味しかったです！」

毒見……というか、味見だろうか？

「くう。セレンめ。いい仕事をしおるな。ほれ、待ってやったのだから早速食べようぞ！」

「ああ、いただくとしよう。しかし見事だな……こんなにも輝いているストロングベリーは初めて見る」

「それは特別なストロングベリーですので。お二人の為《ため》だけのストロングベリーですから、特別美味しいと思います」

なんせ契約まで結んで摘み取った……というか、自ら飛び込んできた者達だからな。

王族と皇族に食べられるのならば、本望だろう。

約束通り、俺は味見すら出来ていないがな……。

「では早速食べるのじゃ！　美味ッ！　美味ぁ！　なんじゃこれ!?　なんじゃこれは!?」

「これは……凄《すさ》まじいな。バニルアイスとストロングベリーの二種類の甘さ。そしてストロングベリーの酸っぱさがより甘さを引き立てているな」

「甘酸っぱい！　じゃが、上品じゃ！　冷凍され刻まれたストロングベリーもまた美味い！　わらわこれ好き！」

大絶賛……っと。

とりあえず、新作は満足してもらえたようだな……。

「アヤメさんと……セレンさん？　も、食べますか？」

「いいんですか!?」

ぐいっと興奮したように目を輝かせて近づいてくるセレンさん。

だがすぐにはっとして凛とした表情に戻ろうとするのだが、頬を緩ませてしまいなかなか戻せないでいるようだ。

「ええ勿論。すぐご用意しますね」

作り方は簡単だし、すぐに作ってしまおう。

そして作り始めながらアヤメさんにも視線を向けたのだが……。

「私は別に……」

と、いつものように断られてしまうが想定通り。

しかも、アヤメさんはいつもならば『いりません』と、完璧に拒絶するはずだが、断り方が中途半端だ。

つまり、食べたいけど護衛中なので遠慮しなければと葛藤しているのだろう。

くっくっく。アヤメさんは甘いもの好きでしかもアイスの美味しさを知っているのはわかっているのだ。

「はい、完成。お二人ともどうぞ」

「わあぁ！　ありがとうございますっ！」

うんうん。やっぱりセレンさんのように素直が一番だ。

さあ、アヤメさん？　早く受け取らないと溶けてしまいますよ？

「私はいらないと……。私の分はアイリス様のお代わりに……」

「勿論それはそれでご用意してありますから」

「……」

「ほらほら。溶けちゃいますよ？」

「……では、いただきます」

受け取り匙ですくって口に運ぶと、普段はまず見られない頬を緩めて微笑《ほほえ》むアヤメさん。

「……何をニヤついているのですか？」

「いえいえ。別に別に」

いやあ、だってアヤメさんの笑顔などなかなか貴重ですからな。

悪態はついていますが、ベリーアイスは気に入ったようで口に運んでは頬を緩ましており、俺はその姿をたっぷりと拝ませてもらう。

ちなみに、ウェンディ達の分は帰ってから用意すると伝えてあるので、今は侍女のように控えてもらっているのだ。

「主《あるじ》よ！　おかわり！」

「はーいはい。シシリア様もいりますか？」

「うむ。頼めるか？」

「承りました」

二人の分のお代わりを用意し、最後は少ししなしなになった器の焼き菓子を食べ終えると二人は満足気に笑う。

最初は皇族へお菓子を提供するのに緊張したが、どうにか上手《うま》くいったらしい。

「はあ……満足だ」

「どうだ？　今回はわらわの勝ちであろう？」

「そうだな。今回は我の完敗としてやろう」

シシリアの口から完敗と聞いて嬉《うれ》しそうに笑うアイリスが、俺に向かって親指を立てサムズアップして労《ねぎら》ってくれる。

俺としても二人とも満足してくれたみたいで一安心だ。

「しかし、本当に良い腕であるな。しかも趣味でこのレベルだと……本職の錬金術は一体どれほどなのだ？」

「レベルは9ですが、それ以外は特筆すべきところの無い普通の錬金術師ですよ」

「なんと、その若さでレベル9か……やはり、流れ人なのが影響しているのかな？」

「普通のスキルとしていただいたのですが、もしかしたらそうかもしれませんね」

「ふむ……セレン」

「はい！」

パチンッと指を弾《はじ》くと、セレンさんが俺の後ろへ。

何事かと思っていると、目の前に出てきたセレンさんの両腕が俺の体をぺたぺたと全身に渡って触りだした。

「ちょ、何を！」

ソルテが突っ込みをいれるが、それをアヤメさんが制する。

「失礼します……ちょっとだけ、じっとしていてください」

「いや、え？　そんな、あ、そこは……くすぐったいんだけど！」

内ももから脇腹、さらに腕や胸までまさぐられるように触られてしまう。

何事かと驚いているうちに、すぐにスッっと離れてしまった。

「戦闘は、不得意なのですか？」

「え？　ああ、うん。そうですね。得意ではないですが……」

セレンに問われるが、まだ息も整っていないうちに話しかけられたのでつい敬語を崩してしまったが、すぐに戻す。

「ふむ。と言うことは……他の面でより優れていそうだな」

えっと、何が知りたかったのだろうか？

「うむ。アイリス。良い土産をありがとう」

「何のことじゃ？」

「帝国への人材派遣を行ってくれたのだろう？」

「こやつのことならば渡さぬぞ？　持って帰るのは味の記憶と完敗である事実だけにせい」

「なんだ。友から我への手土産ではないのか？」

「当たり前じゃろう？　こやつが作る甘味はまだまだ進化する。それを味わわぬうちにわらわが手放す訳なかろう？」

あ、あれ？　おかしいな？

さっきまでなんだか和やかな雰囲気だったはずなんだけど、急にぴりぴりしだしたぞ？

「では、本人に聞いてみるか。我が帝国は良い人材を求めている。お主であれば、その資格は十分……我の庇護下《ひごか》にあればすぐにでも高みへと上がれるがいかがか？」

「残念であったな！　こやつはそういったことに興味が無い。その条件はこやつには逆効果じゃ！」

「アイリスには聞いていないぞ。それで、どうだろうか？」

王族と皇族の視線を独り占めだ。

何この異様な空気……。二人とも顔は笑っているのに目が笑っていない。

な、仲良し！　仲良しじゃないの!?

「あ、あー……アイリスが言ったように、俺はあまり競争とかには興味が無いので……。皆と一緒に平和に暮らせればそれで満足なんですよ」

せっかくのお誘いはありがたいのですけども……濁さずに言うのならば面倒くさそうです。

競争社会とか……御免被ります。

「そうか……と言うことは、平和に暮らすのであれば帝国でも問題ないということだな？」

「え？　ま、まあ……？　でも、色々な国を見てみたくもありますが、アインズヘイルに家もありますし、即決できるようなことではないかと……」

「帝国も楽しいですよ？　帝国のラガーは最高ですし、チョクォはこのアイスにも活用できると思います！」

「ラガー……」

横から出てきた思わぬ伏兵のセレンさんが、俺の琴線を刺激する言葉を放ってきた……。

そうだ。帝国にはラガーがあったのだった！

この国のお酒は甘いものが多く、ビールがあれば間違いなく合うのに……と思ったことが多々あったのだ。

うおお……だけど、ラガーの為に住まいを移すというのもな……。

それに、チョクォ……なんとなくこの世界の食材の名前の法則と、アイリスが椅子から転げ落ちる程の甘味という点から予想するに、チョコじゃなかろうか？

チョコ……確かにチョコがあれば間違いなく俺のお菓子作りのレパートリーは増えるだろう。クレープ……ガトーショコラ……チョコパフェや勿論チョコアイス……チョコチップなんかもいいな。

「む？　何を揺れておるか！　しっかりせい！」

「なんだ、ラガーが好きなのか？　あれは好みは分かれるが、我お気に入りの店のラガーは美味いぞ。キレとコクが他のラガーよりも段違いだ。更に、ツマミ類も我が満足するほどの店なのだ」

「おお……」

味にこだわりをもっていそうなシシリア様がそこまで推す店か……。

帝国への移住は別としても是非知り得たい情報だな。

「ふふ。ナイスだセレン。揺れておるぞ」

「はい。是非帝国でお店をだしていただきたいです。後ろの方々がウェイトレスもすれば間違いなく売れます！」

お店……お店か……。

お菓子屋さんにすれば、間違いなく多いのは女性客……。

作るのも嫌いじゃないし、目にも楽しいだろうな。

それに、皆のウェイトレス姿か……間違いなく男性客の来店も見込めるが……可愛いウェイトレスさんにちょっかいを出す輩《やから》も現れるだろうな。

そういう奴はシロが……っとと、話がそれてしまった。

だが、サービス業は長期の休みなどが取りづらい上に、俺の目標はあくまでも働かない生活だ。

……オリゴールに言われた時同様楽しそうだなとは思うが、目標から遠ざかるのはよろしくないな。

「残念ですが、まだこの世界に来たのも浅く、見て回りたい都市や国が多いのです。勿論いずれ帝国も観光に……とは思っていましたが……。やはりすぐには決められません」

「うーむ。そうか……」

「ふっはははは！　こやつはわらわのものなのじゃー！」

アイリスが調子に乗ってシシリアに向かってドヤ顔で笑うと、シシリアの目が一瞬獣を狩る狩人《かりゅうど》のように鋭く光った気がした。

だがこちらに立ち上がり俺の手を取った時は、なにやら悪戯《いたずら》が浮かんだような悪い顔をしていらっしゃる。

企《たくら》んでいる美女の顔もまた美しいのだが、一体なにをする気なんだ……。

「……そうだな……例えば、我の胸を好きにしても良い……と、言ったらどうだ？」

「え…………え？」

「こんなことをしても、良いのだぞ？」

俺の手を取り、しっかりと押し付けられる。

そりゃあもう。広げた指の間から溢《あふ》れんばかりの肉厚さを感じざるを得ないほどにしっかりと。

流石に！　と思い離れようとしたのだが、思った以上に力が強くて離れられない。

……二割くらいは離れたくない俺の意思かもしれないが。

「シシリア様!?　一体何を!?」

「シ、シシリア！　それは卑怯《ひきょう》じゃろう!?」

「んんー？　持ち前の手札を使っただけだぞ？　我は適齢期を過ぎた未婚であるが、こやつとならば年齢的にも合うだろう？　ほら、今度はこれはどうだ？」

「んむぅ!?」

こ、今度は顔!?

谷間に顔を埋《うず》めさせられ、顔全体でその柔らかさを体験するという大変貴重な行為を行えたことには感謝したいが、いかんせん息が、苦しい！　でも幸せ！　いや苦しい！

「あん……。こやつ、我の尻を叩いたぞ。不敬者め……。なんだ、尻も好きなのか？」

空いている手でタップしようとしたらたまたま尻を叩いてしまっただけだ！

いや、好きだけど今はそういう状況じゃない！

酸欠！　酸欠になるから！

おっぱいに埋もれて死ぬとか本望だけど、急展開過ぎるから！

「あ、あの……ご主人様が死んじゃいます……！」

「息！　息吸わせないと駄目っす！」

「ああ、なるほど。すまぬな」

「ぷはぁぁぁぁぁー！！！」

ああ、呼吸って素晴らしい。

肺に空気が入るっていうのは素晴らしい。

息を整えつつ、感謝と恨みを込めてシシリアを見る。

にゃろう……死ぬかと思ったぞ。でも、本当にありがとうございました！

とても貴重な体験でした！

「ぐぬぬぬぬ……。これ見よがしに巨乳アピールをしおって……。アヤメ！」

「いやです」

「まだ何も言っておらぬ！」

「いやです」

「聞く耳もないの!?」

「どうせ私に色仕掛けをしろというのでしょう。残念ながら私の故郷で私はソッチ方面は全くのダメだと言われました。だからいやです」

「む？　ダメだと言われたからいやなのか？　あやつにするのがいやなのではなく？」

「っ……どっちでもいやです！」

アイリスとアヤメさんは話が斜め上の方向に向かっていってしまっている。

というか、対処に困ってるから助けて欲しいんだけど……。

「それで、どうだろうか？」

「わかりました……」

「ぬなっ!?」

これは、はっきりと言わないと収まりがつかないだろう。

適当にはぐらかせば隙をついて攻めてくるということが、よくわかったからな……。

「しっかりとお断りさせていただきます」

「む……」

「申し訳ありませんが、自分には愛している人達がいます。誰よりも、彼女達のことを第一に考えると今の暮らしを手放せません」

ついこの間、アイナ達と想《おも》い合うことが出来たのだ。

それらも落ち着く前に環境が変わるとなると、ゆっくりとアイナ達と過ごすこともできない。

それに、王国には知り合いが多い。

せっかく仲良くなったのに、おっぱいが理由で帝国に行ったとなれば呆《あき》れられてしまうだろうしな。

「そうか……。わかった。残念だ……」

「申し訳ございません……」

「構わぬよ。アイリスの面白い顔も見られたことだし、もし帝国に遊びにくることがあれば歓迎しよう。我のいきつけの店で乾杯しようではないか」

「はい。それは楽しみにさせていただきます」

まあ、あの表情を見ていた俺としては今回のことが悪戯だとは気づいていたわけで。

流石にその悪戯に乗る……というのも、後々面倒にしかならないと思ったからな。

まあでも…………あのおっぱい……は少し、いやかなり、もの凄く惜しかったんだけどもさ……。

この後は無事に茶会は終了。

「くはっはっは！　ああ、愉快！　痛快じゃ！　お主の作るデザートに驚愕《きょうがく》したシシリアの顔！お主を手に入れられんかった時のあの悔しそうな顔は最高であった！」

……友人に対してそんなことを言うアイリス側を選んだ俺は間違いだったのかもしれないと思うほど、超ご機嫌に笑うアイリス。

「前回のチョクォで蕩《とろ》けてしまった時は悔しくて夜も眠れんかったが、今日は快眠じゃな！」

ふんぞり返り、足を大きく開いて椅子に座るアイリスにはシシリア様のあの高貴で上品な振舞いをぜひ学ぶべきだろう。

「あー気分が良い！　良し。褒美をやろう。なんでも与えてやるぞ！」

「ん？　褒美？　さっきメイド服を貰《もら》ったぞ？」

今日は帰ったらメイドさんと遊ぶのだ。

メイドになった皆と疑似主従関係を楽しむと決めているのだ！

「それとは別である。ほれほれ何かあるじゃろう？　シシリアよりもわらわを選んだのじゃから、何かあるんじゃろう？　んん？」

別にアイリス側、つまりはアインズヘイルのある王国側を選んだだけで、シシリア様と比べてアイリスを選んだわけではないんだがな……。

もし女性として選ぶのであれば迷うことなく……いや、何か褒美をくれるそうなので余計なことは考えるまい。

んんー……しかし、何か褒美か……何かあるかな……んんー……あ。

「……なんですか？　なんで私の方を見るのですか？　また私にあの卑猥《ひわい》な服を着せるつもりですか？　最低ですね。死ねばいいのに」

卑猥な服って……あのバニー服のことですか？

いやいや、アレはとてもお似合いで素晴らしかったですよ。

うーんそうだな。もう一度着て、『ぴょんぴょん。うさぴょんだぴょん』とかアヤメさんに言ってもらうのも……うん。その後すぐ殺されそうだからやめておこう。

命を賭して俺を殺しに来そうだからやめておこう。

でも……そうだな。

「じゃあ……アヤメさんにお願いしたいんですが……」

「っ……！」

いや、そんな警戒した瞳を向けないでください。

瞳だけで『変なこと言いだしましたらその口縫い付けてでも黙らせますよ』と語らないでください。

「えっとですね――」

ごにょごにょとアイリスとアヤメさんだけにしか聞こえないようにお願いをする。

ちょっと皆には聞かれるわけにはいかないからね。

「はあ？　そんなことで良いのか？　というかそれはお礼になるのか……？」

「俺にとってはお礼だよ。凄い助かる」

「はあ……で、どうじゃアヤメ」

「私は構いませんが……アイリス様の護衛が……」

「まあ他のシノビもおるしどうにかなるじゃろう。今はわらわを狙う輩に心当たりもなく安全だしな」

「……で、あれば構いませんよ。望むところです」

んんー……やる気満々だ。

まあ、アヤメさんにとっては結構楽しいかもしれないしな……。

「ご主人様、一体何をお願いしたのですか?」

「内緒内緒」

「むうう……気になります……」

皆がアヤメさんがやる気になるお願いとは何なのだろうと、とても気になってむずむずしているようだが、こればかりは内緒である。

「それじゃあ、よろしくお願いしますね。アイリスもまたな」

「うむ。わらわも祭りには行くからな。その時はまたアイスを頼むぞ」

はいよ。と、答えて俺達は『座標転移《ポイントゲート》』を使ってアインズヘイルへと帰り、無事にお茶会を終えることが出来ましたとさ。

第五章　ハーフエルフの少女

夜ご飯を皆で取って、お風呂にも皆で入ろうかと思った矢先に来客が……。

畜生なんだよ邪魔するなよ！　と思いながら表に出ると、そんな気持ちなど吹き飛ぶような来客。

ヤーシスの姿がそこにあった。

そして、皆には先に風呂に入っていてくれと伝えて、俺はヤーシスの営む奴隷商館へと一緒に連れていかれてしまう。

きっとお仕事の話なのだろうが……忘れていたわけじゃない。

ちょっとやることが多くて後回しになってしまっただけである。

だってシシリア様とアイリスの対峙《たいじ》というとっても疲れる思いをしたのだから、少しくらい休ませてくれたっていいじゃないか。

いや、うん、ごめんて。

本当に忘れていたわけではないので、どうか無言の圧力をかけるのはやめてほしい。

「いやはや……悲しい限りです……」

無言の圧力はやめてほしいと言ったが、言葉での圧力もやめてほしい。

ちっとも悲しんでなどおらず、むしろ怒っている気がするので睨《にら》みつけないでください……。

「ほ、ほらちゃんと休んでた間の分も作っておいたから！」

「ええ取引なのですから当然でしょう」

そうですね……。

むしろ出かけてばかりで契約を蔑《ないがし》ろにしているので、もっと多く渡すくらいが当然ですよね……。

「ほ、本題に行こうぜ！　なっ！　今日は用事があって呼び出したんだろう？」

早く話題を変えよう。

この空気はよろしくない。

ヤーシスには怖いことに借りがあるから、今ならば無理難題を押し付けられても応えてしまいそうだ。

「……はあ。もう少し罪悪感を与えたかったのですが仕方ありませんね。では本題ですが、私に貸しがあるのはもちろん覚えておいでですよね？」

「も、もちろんだ。覚えているとも」

当然覚えているし、忘れたなど言えるはずがない。

ヤーシスはこの街に住まう俺の三大怖い人の一人だからな。

ヤーシス、レインリヒ、ダーウィンの三人には注意をし、ご機嫌を損ねぬように生きていきたいと思っているのだ。

「それでは、その貸しを返していただきたく思いまして……」

「もちろん構わないが……その、あんまり無理難題は勘弁してくれよ？」

ヤーシスから無条件に命令を聞くだなんて恐ろしすぎる……。

どうか実現可能なことでありますように……。

「はっはっは。そんなに怖がらないでください。無理なことは頼みませんよ。ただ……ご負担は強いるかもしれませんが、これは命令ではなくお願いですので無理なら無理で構いません」

そう言うと立ち上がり、ついて来てくださいと言うヤーシス。

普段俺が訪れる取引場の奥の扉を開き、関係者以外立ち入り禁止だと思われる廊下を通る。

すると、こ綺麗《ぎれい》な部屋がいくつもありそこの小窓から中で奴隷と思わしき人達《たち》が共同で暮らしていた。

どの奴隷も血行はよく、ボロ布などではないシンプルな洋服を着ていて顔は明るかった。

というか、廊下にも数人出ていて談笑していたりとかなり自由だ。

「意外ですかな？」

「いや、ヤーシスだしそうでもないな」

「そうですか……。貴方様《あなたさま》に信用されているとわかると、嬉《うれ》しいですな」

こう見えて、ヤーシスのことは買っているのだ。

得体が知れないので恐れる部分もあるが、外道ではない。

奴隷を取り扱ってはいるが、酷《ひど》い扱いをしているはずはないとなんとなく信じていたのである。

「ヤーシス様ヤーシス様！　買い手の方ですか？」

「こっちまでお連れになられるだなんて、もしかして上客の方ですか？」

廊下を歩いていると、普通にヤーシスに話しかけているしな。

奴隷商の長に話しかける奴隷など、俺の想像ではあり得ないのだが、こちらの世界の奴隷は俺の想像したような奴隷とは違うからな。

まあ、犯罪奴隷は別なのだろうけど……。

「ええ。上客も上客ですよ。なんせウェンディのご主人様ですからな」

「ええー！　ではこちらが噂《うわさ》のウェンディ様のご主人様!?」

「と言うことはシロさんとウェンディ様のどちらもお買いになられ、更には紅い戦線《レッドライン》まで手に入れたという上客ランクSランクの！」

ちょっと待て上客ランクってなんだ！

だいたい俺はウェンディとシロ、流れでアイナ達を買うことになっただけで……はっ！　鴨《かも》ってことか？　鴨にしやすいから上客ということか！

「あれだぞ？　俺はこれ以上増やすつもりはないからな？」

「いやーん。五人も……絶対絶倫……」

「お金持ちで……絶倫……満ち足りた生活……」

あれ？　なんで今の俺の言葉を聞いて目が輝くの？

買うつもりはないって言ったよね!?

アプローチしても無駄なんだよ!?

「ぬっふっふ。お兄さ～ん」

「私達、どうですかぁ～?」

グニュウッと擬音が聞こえた気がするほどに胸を腕に押し付けられた！

そりゃあそうだなんせこの子達は牛人族だもの！

とっても立派なおっぱいだもの！

しかも耳が白黒模様って、ホルスタイン族とかあるの？　乳牛かどうかとかあるの!?

「はっはっは。困りましたな。お客様は大事な用がありますのに」

「いいじゃないですかー。少しくらい……！」

「そうですよう。私達のアプローチタイムだって重要ですよう」

困ったという割には全く困った様子も止める様子も見せないヤーシス。

おそらくこれくらいでは怒られないとわかられているのか、遠慮なく腕を取っては胸を押し付け、俺の心を揺さぶる二人。

「ほらほら……ウェンディ様がお好きなのでしたらこれ……お好きなんでしょう?」

「私達ぃ、どっちも借金奴隷ですけれど……サービスはいっぱい出来ますよぉ?」

「さ、サービス?」

サービスって一体どんな……って、言うまでもなくおっぱいだろう。

だってさっきから胸元をめくってアピールしたり、腕を挟んで両側から圧をかけるなどしているのだから、これでおっぱいでないのなら詐欺もいいところだ。

「私達ぃ、乳牛人族なので定期的にお乳を搾らないといけないんですよぅ」

「でも自分では上手《うま》く出来ないので……ご主人様にお願いしちゃうと思うんですぅ。だから、そのお礼にいーっぱい、サービスしちゃいますよ？」

搾るんですか!?　更にいーっぱいサービスしてくださると!?

それもう乳搾り自体がサービスではないの!?

更にサービスって一体どうなるの!?

「この二人は性には奔放でしてな。おそらく、お客様が望むことにはなんでも応えてくださりますぞ？　どうですかな？」

「はーい！　なんでも何回でも応えちゃいますよー！」

「いーっぱい……気持ちよくしてあげますよぅ？」

勘違いではなく、サービス内容が予想通りだったらしい。

どうですかなって……どうですかなって……。

「お、お断りいたすっ！」

無理無理無理無理。絶対無理だ。

二人を連れ帰りでもしたら、皆からの視線がきっと冷たいものになること間違いない。

ソルテなど視線だけで俺を殺せるように見つめてくることだろう。

そりゃあ、立派なおっぱいをおいたとしても可愛《かわい》い子達だし、かなり心揺らぎそうになったが、冷静さを取り戻せば当然無理だろう。

「はっはっは。残念でしたな」

「ちぇー。残念。でも、チャンスは一回じゃないしね」

「ヤーシス様。お客様がいらした際は絶対私達を呼んでくださいね？」

「ええもちろん。わかりましたよ」

わからないでヤーシス。

俺毎回この子達の相手をさせられたらどこかで判断が狂ってしまいそうになるからわからないでヤーシス！


乳牛人族の女の子二人から解放された俺は、少し疲れながらもヤーシスと共に廊下の一番奥の部屋へとたどり着く。

途中何度か同じような目に遭いそうだったのだが、ヤーシスにもう無理だと目で訴えると先んじてアプローチを封じてくれた。

これ以上やったら信頼を失うからな！　と、視線に載せたのが効いたのかも知れない。

「で、奴隷が暮らしている場所に連れて来たってことは、誰か買って欲しいってことなんだろう？」

「おや、ばれていましたか。ですが、買ってほしいではなく預かってほしい……が正しいでしょうか」

預かる……？

奴隷を預かれって、一体全体どういうことだ。

「……ついこの間。王都のオークションで見つけましてね」

きいっと扉が開けられ、目の前の光景に驚いた。

魔道ランプの照らされた部屋で、死んでいるように眠っているこの子を、同じくヤーシスが買ったという王都のオークションで俺は彼女を見たことがあったのだ。

「ハーフエルフ……」

「ご存じでしたか……。ハーフエルフ、人種とエルフの子で、王国では劣等種として蔑まれている種族です。私の商店ではこういう子も保護しているのですが……」

「なんで……こんなに弱って……」

俺が以前見たあの頃より更に痩せ細り、衰弱しているように見える。

以前ならば、オークションに参加している人族を睨みつけるだけの力はあったはずだが、今は起きたとしてもそんな気力はなさそうに思えた。

ヤーシスが保護していなければ、今頃は……。

「一生の誓い《オンリーワン》というハーフエルフ特有のスキルがあるのです。ハーフエルフが生涯ただ一人、体を許すとされる相手を定めるスキルなのですが……」

「話だけ聞くとロマンチックなスキルだな……。で、そのスキルを使わないから心を蝕《むしば》んでやりました、ってか……？　冗談じゃない。こんなことされて、使う訳ねえだろうが……」

栄養失調を起こしていてもおかしくないくらい痩せ、贅肉《ぜいにく》はこそぎ落としたように見えず、筋肉だってほとんど落ちていると言われても信じる程だ。

おそらく、最低限の食事しか与えられておらず、自由に動くことも許されなかったのだろう……。

「これでも少しは良くなった方なのですよ……。意識が無いうちは手を施せましたが、意識を取り戻してからは私共の手を振り払うばかりでして……」

「……拒絶か。当たり前だよな」

「ええ……特に奴隷商人は総じて信用していないようでして八方塞がりなのです。私共が与える食事も取って頂けず……。出来れば、貴方様のお力で救ってあげてほしいのです……」

「救えって……俺にどうにかできると思うのか？」

「貴方様でないと、この子は救えないと思っています」

「……買い被《かぶ》りすぎだな。薬を作って、安静に寝かせることくらいしか出来ないぞ……」

俺はただの凡人だ。

自分の周りの平和と平穏を願い、平々凡々とした毎日を皆と送りたいだけの小市民である。

誰かを救いたいと思っても、それが容易ではないことなど重々承知して身の程を弁《わきま》えているつもりだ。

だって俺は、英雄でも何でもないのだから。

「……期待するなよ」

「ありがとうございます……。貴方様らしくあれば良いのです。そうすれば、必ず彼女は救われます」

「自信はねえよ。どうなっても知らないからな……」

それでも……何とかしたいと思ってしまった。

救えずともせめて、この子の元気を取り戻すくらいなら……英雄ではない俺でも出来るかもしれない。

先ほどは増やす気はないと断っておきながら、俺はこの子を、ハーフエルフの少女を一時的に預かることにしたのだった。

寝ている間に連れてきたハーフエルフの少女。

彼女を一番良いベッドのある俺の部屋で眠らせ、夜遅くではあるがまずは一緒に住んでいる皆にも報告をすることに。

「ご主人様……あの子は……」

「ああ。前オークションで見た子だな」

「ハーフエルフね……厄介な子を押し付けられたわね」

「ソルテもハーフエルフを格下に見てるのか？」

隼人《ハヤト》に以前説明されたのは、ハーフエルフは成長に乏しく魔力も低く、以前王国へと混乱をもたらせたとかでハーフの中でも特別格下に見られ、軽視されているという事実。

王国民の多くがそう思っていてもおかしくはないが、流れ人の立場からすれば到底信じられないことである。

「馬鹿にしないで。そんな訳ないでしょう。いちいち種族がどうので差別なんかしないわよ。ただ……ハーフエルフは奴隷の制約の影響を受けないから、主様《あるじ》が寝ている時の警戒は怠れないってことよ」

そういえばそんなことも言っていたな。

無理に命令させることも出来ない上に、そしてなにより人族を強く恨んでいるということを心配しているのだろう。

「確かにそれは心配だがな……。まあ、暫《しばら》くはまともに体も動かせまい。それに、主君は今更返すつもりもないのだろう？」

「そうだな……。ヤーシスじゃあ手に負えないみたいだし、とりあえず借りを返す意味でも体調が戻るまでは面倒を見ようと思ってるよ」

「じゃあ、自分達はご主人に危害がないようにするだけっすね」

「ん。主に従う」

急に連れてきたのだが、どうやらそれについての不満はないらしい。

というか、何故《なぜ》か皆ご機嫌な様子でにこやかに微笑《ほほえ》んでいる。

「とりあえず、まずはあの子の体調を戻すことが最優先だ。食事と薬は俺が作るから、面倒は……人族な上に男の俺じゃあ無理だよな」

「はい。私が見ます」

「えっと……大丈夫か？」

「勿論《もちろん》です。私であれば、あの子の面倒も見られますし、お預かりとはいえご主人様がどういったお方なのか事前にご理解いただけるかと思います」

自身に満ち溢《あふ》れたような顔で立候補するウェンディ。

そういえば、ヤーシスの奴隷商館でも牛人族の子達が様付けで呼ぶほどに慕われていたな。

あそこではシロの面倒も見ていたようだし、自信もあるようだからウェンディに任せるか。

「それじゃあ、ウェンディ頼む。……連れて来ておいて任せちまって悪い」

「どうかお気になさらず……それもご主人様の優しさですから。私にお任せくださいませ」

「じゃあ、自分がウェンディを守るっすよ。もしもがないとも言い切れないっすからね」

「ああ。レンゲも頼むぞ」

「うっす！」

とりあえず、ウェンディに雑事を、レンゲに護衛を任せて俺は食事の準備をしにキッチンへと足を運ぶ。

「ちゃっちゃと作っちゃうか。……アレももう手に入るしな」

俺はお小遣いスキルを発動し、金貨を五枚キャッチして、同時に出てきたスタンプカードの光の輪に触れる。

すると、何もない空間からラーメン屋にある小さめの薬味《やくみ》壺《つぼ》程度の壺が落ちてくるので、割れないようにしっかりと捕える。

中身は真《マ》達《コト》とのやり取りのさなかで出した物と同じだと確信していた。

何か祝い事でもあれば使おうと決めていたのだが、お小遣いを何度か使っていくうちにこれからも手に入ることがわかったのでここで使ってしまおう。

勿論貴重なことに変わりはないのだが……。

だが、体調が悪い時はやはりこれ、消化に良いおかゆに限る。

そして、それに味を付けるのは個人個人それぞれの意見はあるだろうが、俺は……やはり『味《み》噌《そ》』だろう。

ふっふっふ。土鍋は作ってあるのだよ。そこに炊いたお米とお水。

お米がじんわりとお湯を吸って膨らんでひと煮立ちしたところで火を止め、味噌を落としてはい完成。

本当ならば卵も付けたいところなのだが、消化には良くないので様子見としておこう。

「これでよしっと……」

「ん。美味《おい》しそう。良い匂い」

「これは駄目だぞ？　あの子用だからな」

「お米と……主が大事にしてたやつ？」

「ああ。米との相性もいいし、大豆は体にもいいからな」

「大豆？」

あー……こっちの世界に無いんだもんな。

大豆って言ってもわからないか。

なんで大豆ないんだよ……醬油《しょうゆ》も味噌も女神様経由でしか手に入らないし、納豆は絶対手に入らないんだろうな。

まあ、納豆は皆に出しても不評なんだろうけどさ……。

「畑のお肉って言われてるもんだ。こっちの世界には無いみたいだけどな」

「おお……畑にお肉が……シロも食べてみたい」

「あー……別に肉汁が出たりとか肉の味がするわけじゃないぞ？　豆だ豆」

「なんだ……残念」

「まあ、いずれ醤油と味噌を使った和食三昧も試してみようぜ。俺の元の世界の俺の国の飯だぞ」

「ん。それは楽しみにしてるっ！」

まあ薄味というか、あっさりが多いからシロの好みに合うかはわからないけどな。

少し冷めた所で土鍋と小皿、匙《さじ》を用意しておぼんに乗せて俺の部屋に向かい、ノックを数回。

「はい」

と返事があるのを確認し、片手でおぼんをもって扉を開けるとハーフエルフの子はまだ眠っているようだった。

「……起きたら食べさせてくれ。温め直しは焦げないように底をかきまぜながら火加減に気を付けてな」

ウェンディが受け取りに来てくれるので手渡し、レンゲにもよろしく頼むと目で語る。

「はい。わかりました。それであの……ご主人様はどこで寝られるのですか？」

「あー……そっか。まあ、大丈夫。やることもあるし、錬金室で寝るとするよ」

「……あまりご無理はなさらないでくださいね」

「ご主人は結構無茶するっすからねえ……」

「大丈夫だよ。ちょっとやりたいことがあるだけだから」

それだけ言うと部屋を後にして錬金室に向かう。

すると、その途中でアイナとソルテとシロが待っており、俺も足を止める。

「主様、こんな時間からお仕事？」

「あー……まあ、そんなところ」

「そう。付いていってもいい？　目が冴《さ》えちゃってね……」

「ん。シロも行く」

「来てもいいけど……つまらないぞ？」

それでもいいと言うように黙って俺の手を取る二人。

残されたアイナははあ……とため息を一度つく。

「出遅れたな……。一人は万全に動けるものがいないとまずいだろう？　私は一人寂しく寝るとするか……」

「助かる。悪いな」

「いいさ。後で埋め合わせをしてくれればな。二人共。主君が無理をし過ぎるようであれば無理やりにでも休ませるのだぞ」

「ええ。わかってるわよ」

「ん」

あれ？　お目付け役として来るの？

俺ってそんなに信用されてないのかな？

ウェンディにもレンゲにも心配されたが、そんなに無理をするつもりは無いんだけど……。

「主君は無自覚に頑張りすぎるから、一応な」

「……気をつけます」

無自覚ならばどうしようもないかもしれないけどね。

「それでは主君。おやすみなさい」

「ああ、おやすみ」

アイナは一人自室へと戻り、それを見送ると俺達は錬金室へと入って仕事椅子へと腰掛ける。

今日のシロは膝上には乗らず、俺を挟むようにシロとソルテが両脇に立った。

あの状態だと……ポーションだけでは心許《こころもと》ない。

体に英気と栄養を与えて、健康体になるまでにはしないとな。

「さて、まずは栄養剤かな」

栄養剤は初の試みだ。

回復ポーションとはまた要領が違う上に、レシピがあるわけでもない。

様々な薬草の効果を調べながら手探りでやらねばならないので途方も無いが……やるしかないしな。

「ん。あの子の為《ため》のお薬作り？」

「ああ。既存の回復薬じゃあ効果が薄そうだからな。自己回復力を向上させて早く元気になれるようなものを作れないかなって……。あ、一応仕事も兼ねてるからな？」

「別に疑ってないわよ。で、どうするつもりなの？」

「ん……主。あの子、助ける？」

「……引き受けた以上、元気になってもらわないとな」

助けるとは断言できなくて、元気になってもらうとだけ言葉にする。

「……それだけ？」

「……預かりだからな。奴隷契約を交わしたわけでもないし、それ以上のことは俺の領分ではないんだろうさ」

ヤーシスからの借りを返すために預かったのだから、体力を回復させ元気になったら返さねばならないのだ。

その後どうなるかはわからないが……ヤーシスのことだ、保護と言っていたし酷い扱いは受けないだろう。

「ふーん……預かりね。なんだか不思議な契約ね」

「まあな……」

「ん。でも、主は温かい」

「……そうね。きっと……。相変わらず、温かい人よね」

いや、そりゃあくっつかれたら温かいだろうよ……。

両腕にくっつかれたら錬金も出来ないんだが……。

「えっと……離れてくれるか……？　このままだと錬金が出来ないんだが……」

「嫌よ。もう少しいいじゃない」

「ん。シロはお膝乗る」

「ちょっと、ずるいわよ。子供は寝てなさいよ。もう夜中なんだからここからは大人の時間なの」

「シロと変わらないぺったんこが大人とは……笑わせてくれる」

「言うじゃない……あんた、連合を組んでるの忘れないでよ？」

「お前らなあ……はは」

ひとしきりイチャイチャとした後に、俺は錬金へと戻る。

ソルテとシロは満足したらしく、後ろのソファーで横になるとのこと。

……二人のおかげで少し気が楽になったな。

ついあれこれ考えてしまうが、今は目の前のことを一つ一つ片付けようと頬を叩《たた》き気合を入れなおす。

それじゃあ、始めますか……。

回復ポーション（大）を取り出し、そこに使えそうな材料を加えて混ぜてを繰り返していく。

時に分解を、時に合成を交えつつ基本は手作業でひたすらに製薬作業だ。

万能薬、回復ポーション、魔力ポーション、イグドラシルの葉、茎、蕾《つぼみ》、花、種、蜂蜜やローヤルゼリーなど、組み合わせを変えて表を作り、何が生まれるか。どういった系統に派生するかを調べ、予想と実験、合成と記録を繰り返し行う。

いくつかの試行を繰り返すと目が疲れてきたので、イグドラシルの茎を噛《か》みながら作業をする。当然火をつけたりはしない。

飲み物は魔力ポーションとスーッとするお茶。

ちなみに材料はイグドラシルの葉と、メントルというメンソールのような香りの強い葉を乾燥させて作られている。

更に実験を繰り返し、組み合わせは二百を超えた頃だろうか。

十数種にも及ぶ素材を混ぜる、熱する、絞る、などの工程を交えつつ遂《つい》に完成に至った。

次から作る時は、既知の魔法陣《エクスペリエンスサークル》ですぐに作れるようになるが、もっと簡単に出来ると思っていた……。

複雑すぎだろ……だが、一応完成した……。

【血流運栄薬　−微−　体内の血流に乗せて栄養を運ぶ薬。衰弱、虚弱、疲労、出血、低血圧、心臓活性などに微妙に効果があり、体力の自然回復を促す】

と、ポーションが外的要因の怪我《けが》などを直すのであれば、こちらは内部の疲労や機能障害を自然回復させるものだ。

とりあえず、まだ微と付いているがここから改良を加えれば完成品が出来上がるだろう。

それに、微でも当然効果はあるので、一先《ひとま》ずはこれを飲んで様子を見てもらおう。

「はぁぁぁぁぁぁぁ……疲れた…………」

錬金レベルが9であっても、かなりの実験と研究を繰り返さねば微であってもたどり着けなかった。

途中正しいのに魔力が足りないことに気が付かず、失敗扱いとしてしまったこともあり、余計に疲れた……。

背もたれに体重をかけ、天井を見上げようとすると、アイナとレンゲ、それにソルテとシロ、更にはウェンディとつまりは全員が集合していた。

「あれ？　どうした……」

「どうしたではないですよ……」

「主様……もう夕方よ……」

「え？」

あれ？　始めたのって夜中だよな？

何時《いつ》の間にそんなに時間が経《た》ってたんだ……？

「ずっと前にあの子も目を覚ましましたよ。それでお呼びに来たのですが……まずはご主人様がお休みになってください……」

「無理はするなと言ったのに……ほら、聞かないじゃないか……」

「止めなかったんだから同罪でしょ……」

「仕方ないっすよ。集中してるご主人には、何を言っても生返事しか返ってこなかったんすから」

あーれー？　話しかけられてたのか……？

全く記憶にないんだけど……。

「私がお茶を淹《い》れたのですが、それも覚えてないのですか？」

「自分はぱいを押し付けたっすよ？」

「主、シロが膝に乗ったのも覚えてない？」

全く覚えてないです……！

っていうか、流石《さすが》にシロが乗ったら気づけよ俺！

「ともかく……ご主人様の顔色も悪いのでまずはお休みください……」

「あー……あははは。ま、まあほら。お薬は一応出来たわけだし……さ。あの子が起きたとは言っても、まだ会わない方がいいだろうし……今回はしょうがないよね」

「しょうがなくありません！」

「は、はいっ！　ごめんなさい！　すぐ寝ます！」

ウェンディの本気の怒りを前に、俺はすぐさま寝ることを決意する。

いやでもあの子が起きたのならその前にちょっとだけ様子を……はい。寝ます寝ます。ちゃんと寝ますから、あの、見張りはいらないんじゃないでしょうか……？

ん……んんぅ……。

「……るじ。主……」

「んんー……シロかぁ？　一緒に寝るのか？」

目を開けずにシロの声がする方へと手を伸ばし、手に触れたシロを抱き寄せる。

「ん……その誘惑は魅力的。だけど、主起きる」

「んー？　じゃあ夜ご飯か……？」

「もう朝……」

「あー……まじかぁ……」

あの子が来てから数日が経過したもののまだ会ってはおらず、俺は錬金室に籠り切りで血流運栄薬を完全なものへとする為に研究を続けていた。

一先ず微の文字は外れたものの、もっと上の効果のある薬にならないかと実験し続けたのだが、残念ながら血流運栄薬は完成品らしく、今以上の性能は今ある材料じゃ作れなかった。

そして、久しぶりにゆっくりと体を休めることにしたのだが、夕方くらいに寝て次の日の朝に起きるだなんて、贅沢《ぜいたく》に休んだもんだ。

しかしソファーで寝すぎたもんだから寝返りも打てず首も体もギシギシだ……。

更には寝すぎているのにまだ眠いという……。

「主？　主？」

「んぅ……」

「主。起きる」

んん……普段のシロなら俺の上に乗って一緒に寝るところなのだが、どうしても俺に起きてほしいらしい。

「ふわぁぁぁ……くぅ、なんだよぉ……どうしたんだよぅ？」

「ん。……ハーフエルフの子が逃げた」

んー……なるほど。逃げたのか……だからシロも起こしに来たのか……。

そいつは大変…………ん？

「え、逃げたっ!?」

理解するまで少しの時間を要したが、理解したので跳ね起きる。

というか、逃げるような体力がもう回復したのか？

まだ数日だぞ？　俺の作った薬すげえな……。

「ちょ、え、大丈夫なのか？」

「ん。玄関先で息切れして倒れてたから、担いで主の部屋に置いといた」

「い、息切れ、倒れて!?　え、じゃあまだいるのか？」

「いる。ご飯食べてる」

「お、おう……そっか……」

おかゆを食べて薬を飲んだとはいえまだ早すぎるだろう。

筋肉の衰えがあるはずだと思うのだが、それも栄養薬である程度改善したのだろうか？

スキルがある世界は俺の今までの常識とたまにごっちゃになるのが煩わしい……。

でも、部屋から玄関までは行けたんだな。

そっか……逃げ出したか……。

「んー……起きてるなら、一度は会っておくか……」

「ん」

「その前に……お風呂入らないと……」

髪の毛もぼさぼさだし、昨日は入っていないしな。

「シロも入るか？」

「ん。入る」

まだ少し残った寝ぼけを覚醒させつつ、ほっこりとシロとお風呂に入る。

髪を乾かし、服を着替えて錬金室で少し涼んでから俺の部屋に向かうと、ちょうど俺の部屋から
ウェンディが出てきたところだった。

「ご主人様。おはようございます」

「うん。おはようウェンディ。……少し疲れてるんじゃないか？」

「私は大丈夫ですよ。ミゼラに会いに来たのですか？」

「ああ。あの子ミゼラって言うのか……」

「はい……。一応ご主人様がどういう人物かは話しておりますので、会話は成り立つとは思いますが……。あの……ミゼラが一度逃げ出してしまったのですが……怒らないであげていただけますか？」

「わかってる……。でも、ウェンディがちゃんと休むって約束したらな？　俺にだけ無理に休ませておいて、自分が無理するのは駄目だぞ」

「……はい。それでは、少しだけお休みさせていただきます」

優しく微笑んで自室へと戻り仮眠を取りに行ったウェンディを見送って俺は自室をノックして返事を待つ。

「……はい」

ノックは来意を示し、相手の準備を待つためにあるものなので、きちんと返事を聞いてから部屋へと入ると、ミゼラというハーフエルフはベッドで体を起こし、昨日作った今日の分のおかゆを食べている真っ最中だった。

「っ……このお屋敷の主様かしら？」

「ああ。詳細はウェンディに聞いているのかな？」

「ええ。一応ね……」

「そっかそっか。食事中に悪いな。気にせず続けて構わないぞ」

なるべく和やかに、にこやかに平和的に話しかけたのだが、あちらからは警戒心というか、敵意がビシビシ伝わってくるのがわかる。

ただ、俺が見たところよりは顔色も良く体調も大分良くなったようだ。

気力も失っているかと思ったのだが、まあ逃げ出すだけの気力はあったから大丈夫だろう。

「具合はどうだ？」

「……ええ。だいぶ良くなったみたい。貴方、錬金術師なのよね。薬もありがとうございます。とてもよく効きました」

「みたいだな。早速逃げ出したみたいだし……」

「……ええ。それで？　逃げ出さないように首輪でも繋《つな》ぎに来たのかしら？」

随分とぶっ飛んで物騒な発想だな……まあ、無理もないか……。

「そんなことしないって……。ただ、仮とはいえ身元を預かったのだから逃げ去る前に挨拶しておこうと思っただけだよ。俺は忍宮一樹《シノミヤイツキ》。流れ人で、知っているみたいだが錬金術師をやっている」

単なる自己紹介で、握手を求めて手を伸ばしはしない。

多分、怖がられる上に拒否されるだろうしな。

「……ミゼラよ。知っていると思うけどハーフエルフ。貴方のことはウェンディ様から聞いてるわ。それはもう、お優しい人格者だと。……でも、申し訳ないのだけれど人族である貴方に心を許す気はないわ」

「ああ。構わないよ」

「え？」

呆気《あつけ》にとられるミゼラだが、予想した返事とは別のものだったのだろう。

しかしまあ、回復して少し生気が戻ると改めて美人だな……。

ハーフエルフというが、どちらかといえば俺が想像しているエルフ像そのままなんだよな。

プラチナブロンドの長い髪はウェンディが綺麗にしたのか僅かな光にも輝いているし、尖《とが》った耳は……触ってみたいが、まあ無理だよな。

「こんなことを言っても慰めになるかはわからないが、ヤーシスの……あの奴隷商館は、悪いところではないぞ」

「……ウェンディ様もいたのでしょう？　聞いているわ。でも……人族は嫌い。奴隷商人は、もっと嫌いなの」

まあ、そうだよなあ……。

あれだけ人族を恨んでいるのに、どこの世界に自分を売る人族が優しいと言われて信じる馬鹿がいるのだろうか……。

「そりゃあ逃げ出したくなるわな……」

「え？」

「んー逃げた方が良いと思うなら逃げた方がいいんだろうなって。でも、体力が回復してからな。

良く食べて薬を飲んでゆっくりと寝て、しばらく養生するといいさ」

よしと。とりあえず顔合わせはこれくらいにしておくか。

食事も止めてしまっているし、冷めても美味《うま》いがやはり熱い物は熱いうちに食べる方が美味しいからな。

「それじゃあ、また様子を見に来るよ」

「……逃げていいの？」

「ああ。俺は止めないから、それがミゼラの幸せだって言うのならそうすべきだ。まあ自由にしてくれ」

「……じゃあ遠慮なく自由にさせてもらうわ」

元気が出たからか、闘志も湧いてきたのだろう。

顔色が悪く、今にも死んでしまいそうな顔よりはずっといい。

それにしても、自由か……。

「ん」

「シロ。悪いけど、危険が無いように頼めるか？」

「ん。承った」

多分これから、何度となく彼女はこの家を出ていくだろう。

何度となくというのは、おそらく回復しきるまで待たないということだ。

まあ、回復したら奴隷商館に戻るのだし、そうなると逃げ出すには厳しいと、逃げるのならばここにいる間だと思うのも当然だろう。

……もし、彼女が最後まで自由を求めるのなら、ヤーシスには悪いがそうさせてあげることも考えておくか。

「ご主人！　鍛錬しないっすかー？」

「……おーう頼むわ。それじゃあ、シロ。行ってくる」

「ん。主、頑張れ。こっちはシロにお任せ」

まあ、今の俺に出来ることはないからな。

今俺がやるべきことを俺はやるだけだ。

さて、ミゼラが逃げると宣言してから数日が経過したわけだが……。

「ただいま」

「……ただいま」

今日もミゼラが逃げ出して、シロに抱きかかえられながら帰ってきた。

「おかえり二人共。夕飯できてるぞ」

「ん。今日は噴水まで走った」

「おお、記録更新だな」

毎日一度、時間帯は決まっていないがミゼラは俺の家を飛び出していく。

それに俺は気づかないのだが、毎度シロがミゼラを抱えて戻ってくるのだ。

「……旦那様、私が逃げるのを止めないいんじゃなかったの？」

ミゼラは俺を旦那様と呼ぶようになった。

なんで旦那様なのか聞いたら、ウェンディの旦那様だからだそうだ。

それを聞いたウェンディがミゼラの頭を良い子良い子していたな。

「止めてないいんだがな……。まあ前も言ったけど仮にも預かってる身だから、道端で倒れられても困るんだよ……」

結局連絡が来るからな……。

今じゃ街の皆にもシロが連れ帰るところを見られているし、街を走り回っているので迷惑をかけてないか買い物の際に聞いたりもしているので、ミゼラは俺のところの子と認識されているしな……。

ということで、止めないまでもルールは設けたのだ。

逃げるのは一日一度。どのタイミングでも構わないが、一回帰ってきたらその日はもう逃げないこと。

そうしないとシロが大変なのと、ミゼラの体力的に一日に二度はまだ逃げられないと見ているから。

それと、帰ってきたらこの家のルールに従ってもらう。

まあ、まだ体力が戻っていないから逃げられない訳なので、ミゼラには休んでもらっているけど。

この前作ったトレーニングルームなどは活用しており、逃げる練習なのかルームランナーを多用しているようだ。

「仮とはいえ今はミゼラも主のだから、シロの独断で捕まえてる。まだ体力が全然ない」

「だそうだ」

「貴方の命令ではないのね……。わかった。まだ休ませてもらうわよ……」

諦めたようだが、まだまだチャンスはあるので頑張ると良い。

それよりもだ……。

「食欲はどうだ？　まだおかゆがいいか？」

大分良くなっては来たので卵を落としたりネギンを散らしたり、柔らかく煮た鳥なども入れてみたりしてはいるが、ミゼラの食事は消化に良い物を中心として、少しずつ副菜も用意していた。

最近はそれらもぺろりと平らげるので、そろそろおかゆじゃなくてもいいかなと思ったのだ。

「え？」

「胃の調子が悪くないのなら、普通の食事を出そうと思ってさ。そっちの方が元気が出るからな」

「あ…………ええ。そうね。もう病気ではないから……」

何故だか残念そうなミゼラだが、大丈夫そうなので良しとする。

なんせ今日は……。

「ええーそれじゃあ、ミゼラの快気祝いを始めるぞ！」

「「「イエーイ！」」」「はい！」「ああ！」

皆のテンションが高い。

そりゃあそうだ、目の前にはご馳走《ちそう》の山なのだからっ！

今日は普段食べるブラックモームのお肉ではなく、更にワンランク上のブラックヘビィモームの肉と、キングピグルのお肉を使っているからな！

シロも目の輝きが違うぜ！

「主！　主！　もう食べて良い？」

「待て待て。まずは今日の主役からだろう」

「え？　え？」

ミゼラは目の前の光景に椅子に座ったまま固まっており、恐縮しているのか手もお膝の上のままである。

「どれからいく？　どれでもいいぞ？」

「私が取りますよ。どれがいいですか？」

ミゼラの両脇に俺とウェンディが座り、お誕生日席のようになったミゼラにお皿や飲み物を給仕する。

「どれと言われても……全部見たこともない物ばかりなのだけれど……」

「どれも美味しいですよ。今回は私とご主人様が腕を振るって作ったので、是非楽しんでくださいね」

「ウェンディ様と、旦那様が……？　というか、旦那様って料理するの……？」

「ええ。貴方がお気に入りのあのご飯も、旦那様の手作りですよ？」

「あの繊細な味を旦那様が……？」

おかゆがお気に入りだったのか。

ああ、だから普通の食事にすると聞いてがっかりしてたんだな。

でも確かにおかゆも美味いが、今日の料理だって負けてはいないはずだ！

「さあ、ミゼラが食べ始めないと皆食べられないぞ？」

「私からって……こんな料理食べたことないもの……。どうすればいいのかわからないわよ……」

「なに、礼儀や作法なんて気にしないで良いよ。目に付いた食べたい物を好きなように食べればいいさ」

肉に魚に野菜にスープ。

たしかにどれから手をつければ良いのか迷ってしまう気持ちもわかるが、ミゼラが食べないと今日の食事は始まらない。

「ほらほら、遠慮せず好きなのを食べてくれよ」

「じゃ、じゃあ……このお肉から」

お、ブラックヘビィモームだな。

そいつは良い肉だぜー？　ブラックモームも美味いが、文字通り重量感が違う。

がつんとくるのだが重すぎず、脂も赤身も味見で美味すぎて叫びそうになったくらいだ。

今回はローストして、特製のソースにつけて食べるだけだがやはり良い食材はシンプルな調理の方が味が際立つと思う。

皆がミゼラに注目し、食べる姿を見つめているので食べにくそうだが食べないと始まらないのだろうと察してか、口に運び咀嚼《そしゃく》をして飲み込んでから一言。

「……美味しい」

その瞬間俺とウェンディはミゼラの頭の上でハイタッチを交わす。

これ実は俺とウェンディの合作だったりするのだ。

普段は料理ごとに担当を分けて作るのだが、今回は焼きが俺、ソースがウェンディと二人で作っている。

「それじゃ、皆も食べてくれ！」

「うぅー！　お肉は渡さない！」

「シロ！　それは私のお肉よ!!」

「じゃ、二人が争ってる間にこっちの方をいただくっすね」

「レンゲ……そんなに取っては主君達の分が無くなるだろう！」

始まった瞬間から良い肉の取り合いなあたり、今日も乙女力よりも食欲が勝っているのが良くわかる。

我が家の食事はいつも戦闘のごとくだからな……。

俺が少し呆《あき》れながら四人を見ていると、ウェンディがこちら用にと先に取っておいた皿から俺とミゼラに取り分けてくれる。

一皿ずつ盛られると、まるでコース料理のようだ。

「このお肉は……？　なんだか面白い切り方ね」

「ああ、厚切り牛タンだな。今回はマンゴーカットにしてみた」

マンゴーを美しく魅せる切り方で牛タンを切ると、分厚くも火の通りが良くなるのだ。

驚くほどに厚いのにサクッと歯で嚙み千切れて肉汁がじゅわっと、嚙み応えもあって絶品だぞ！

「ああー！　ミゼラ！　それは牛の舌っす！　ご主人とシロしか食べない珍味っすから、無理して食べなくてもいいっすよ！」

「う、牛の舌？」

むう。邪魔が入ったか。

なんだよ美味しいのに……しかも今日は特別分厚い上に、ブラックヘビィモームの舌なのだぞ！

まあ、俺も世界一美味い虫を出されても食べないので強要はしないが。

「……あむ。ん……んん。美味しい……」

「おお、ミゼラもわかるかこの美味さ！」

「ええ。私は食べられるものならなんだって食べるもの。……それにしても、皆も遠慮なくて凄《すご》いわね……今日は特別なの？」

「ん？　今日はちょっといいお肉を使っているが、普段とそこまで変わらないよな？」

「そうですね……。食材は普段よりも少し値は張りますが、量的にも少し多いくらいでしょうか？」

「これが普通なの……？　もしかして、普段から奴隷も同じテーブルで食事を取っているの？」

「だな。皆で食べた方が美味しいし。一人で食事とか寂しいだろ？」

そういえば、普通は奴隷と一緒に食事はしないんだっけ？

扱いが悪いわけではないのだし、別に構わないと思うのだがな。

「でも……普通はありえないわ……」

「ご主人様に対して、普通はあまり通じませんから……」

なんだそれ。俺は普通だぞ。……普通なはずだ。

誰だって、美味しい物は美味しく食べたいと思うはずなのだ。

たとえ、食費が毎月馬鹿にならなくともこの楽しい食事ができるのならば構わないと思うはずだ。

「……こんなに豪勢に、盛大に祝ってもらって申し訳ないのだけれど、私は……」

「ん？　別に構わないぞ？　ちゃんと快気祝いだって言っただろ？」

「……それでいいの？」

「ああ。兎《と》にも角《かく》にもまずは回復だ。良く食べて良く寝てが基本だからな。ほれほれ、沢山食べないと、明日は逃げてる途中で力が出ないぞ」

「……わかったわ。こんな食事、一生に一度あるかないかわからないものね……」

「じゃ、今日は好きなだけ食べて飲んで楽しんでくれ！　早く食べないと、シロ達に食べつくされちまうぞ！」

シロとソルテが取り合って、レンゲがさりげなくアイナのお肉を掠《かす》め取ろうとすると睨まれて手を引っ込める。

今日も騒がしくて楽しい食事だな。


食事を終えた後は食休みをする者、お風呂に入る者、外を散歩しに行く者など皆自由にしていた。

俺はと言うと、ウェンディの横に並んで皿洗いの真っ最中だ。

普段はウェンディ任せにしてしまうことが多いのだが、今日は片づけまでが俺達の仕事だろうと手伝うことにした。

「うふふ。大成功でしたね」

「ああ。ミゼラよりも他の皆の方が楽しんでた気がするけどな……」

「突然でしたから無理もないですよ。でも、美味しいっていっぱい食べてくれました」

「だな。嬉しかったな」

一つ一つをとても大切そうに味わって美味しそうに食べるミゼラの姿に、俺とウェンディはあれもこれも食べてみてと次々にお皿に盛ってしまい、流石に食べきれないと呆れられてしまったけどな。

「初めは遠慮気味でしたけど、シロ達が楽しそうに騒いでいたので緊張はほぐれたみたいでしたね」

「皆に感謝だな」

「ふふ、皆普段どおりにしていただけですけどね」

良いお肉でシロ達のテンションが上がっただけかもしれないが、結果オーライというところだろう。

「あの……お皿持ってきたのだけれど……」

「ああ、持ってきてくれたのか。今日はミゼラが主賓だからゆっくりしていて良かったのに……でも、ありがとう」

「だって……何もしていないのにあんな御馳走《ごちそう》を頂いて申し訳なくと思ったのだもの……その……今日はありがとう」

「おう」

お祝いだから気にしなくてもいいのに、基本的に嫌いな人族にもお礼の言える良い子なんだよな……。

でもやっぱり、食器はウェンディに渡しているので、人族の男はまだ駄目なのだろうな。

「いやーしかし、ブラックへビィモームは美味かったな。これからはあっちにするか？」

「駄目です。今日はミゼラの快気祝いなので許可しましたが、アレを毎日では食費が掛かりすぎます」

「でも、ウェンディもたくさん食べてたろう？　ソルテとシロが取りあいをしてた時、ミゼラのお祝いですよ。とか言って没収しつつさりげなく自分のお皿にもおかわりしてたじゃないか」

「わぁーわぁー！　ミ、ミゼラには内緒にしてくださいよ！」

ははは、ミゼラの前ではしっかりしたところを見せたかったみたいだが時間の問題だと思うぞ？

ウェンディは普段はしっかりしてばかりいるが、意外と抜けたところもあるからな。

まあそこも可愛いんだけどさ。

「もう……ご主人様は意地悪です……」

「はあ……ウェンディ様も大変そうですね……」

「そう……でもないですよ。慣れです慣れ。貴方もここにいるようになったら、慣れなくては大変ですよ？」

「……私はここには……。あ、お手伝いします」

「ふふ。はい。では、私が拭いたお皿を棚に戻してください。わからないことがあれば何でも私かご主人様に聞いてくださいね」

ウェンディはミゼラにここにいてほしいんだな……。

普段からこうした皿洗いなどはウェンディに任せきりだし、ミゼラが手伝ってくれたらありがたい……と、思わなくもないのだが無理強いだけは駄目だと理解しているようだ。

ミゼラも、意志は固いようだしな……。

「あの、このお皿は重ねてしまってもよろしいですか？」

「ええ。そちらは二段目の右側に重ねてお願いします」

ウェンディの指示に従いながら、しっかりと手伝いをこなすミゼラ。

作業効率が上がり、あっという間に仕事が片付くかと思ったのだが……。

パリーン。

と、なにやら割れるような音が響き、その方向を見るとミゼラが慌てたようにしゃがみこんでしまう。

「ご、ごめんなさい。すぐに拾いますから……っ」

「危ないから触っちゃ駄目だ！」

手を伸ばそうとしたミゼラの腕を俺が取り、素手で触れさせないようにする。

慌ててしまうのはわかるが、割れた皿で指を切ってしまわないようにと配慮したのだが……。

「ご、ごめんなさい……ごめんなさい……」

「ミゼラ？」

その場で何度もごめんなさいと呟《つぶや》くミゼラに、異常な雰囲気を感じて様子を窺《うかが》うのだがとてつもなく顔色が悪い。

握った腕が震え、唇までもが青白くなり震えている。

「大丈夫だ。大丈夫だから……怪我はして無いか？」

「ごめんなさい……ごめんなさい……。地下は嫌です……。すぐに片付けますから……」

どう見たって、異常事態だ。

これは……トラウマを呼び起こしてしまったのだろうか……。

「ご主人様、私はミゼラを部屋まで連れて行きます。ここはお願いしてもよろしいですか？」

しまった。と思うよりも先に、ウェンディが動いてくれる。

「ああ。頼む。こっちは任せてくれ……」

「はい。ミゼラ、立てますか？」

「ごめんなさい……ごめんな……さい……」

そのままウェンディに支えられ、この場を去るミゼラの背中は震えていた。

その姿を俺は心苦しい思いで見送り、割れた皿を片付けた。

そのままウェンディが戻ってくるまで洗い終わった皿の水けを拭き取り、棚へと戻していく作業をしながら先ほどのミゼラの様子について考える。

やはり、過去のトラウマが……と考えるのが普通だろう。

俺が大きな声を上げて手を取ったことが、もしかしたらその引き金となってしまったのかもしれないと思うと、どうにもやるせない……。

悪いことをしてしまったな……。

せっかく今日は良い日で終わりそうだっただろうに、余計なことをしてしまった。

食べたことが無い料理に驚きながらも、少しずつ目が輝いていて、ただのシロパンを、柔らかくて美味しい……と、目を潤ませて喜んでいたまま今日を過ごさせてあげたかった。

「ご主人様。ミゼラが落ち着きました……。ここは私がしておきますので、会いに行ってあげてください」

「俺が行って大丈夫なのか？」

「はい。ご主人様に謝りたいと、言っておりますので……」

「……わかった」

俺はウェンディと入れ替わるように部屋を後にする。

俺の部屋へと向かい、いつものようにノックをする。

「入るぞ」

「……はい」

ミゼラの声は小さく、やはり元気が無いように見える。

当然といえば当然だが、先ほどまで楽しそうにしていたことを思うと嘘《うそ》のようであった。

「大丈夫か？」

「ええ。……ご心配おかけしました」

「そうか。指も怪我してないか？」

「それも、旦那様が手を取ってくださったから大丈夫よ」

「そうか……すまなかった。いきなり大きい声を出して手を握ったりして……」

「ううん。旦那様が頭を下げないで。旦那様のおかげで、怪我しないで済んだのだから……」

「そう言ってくれると助かるが……」

「……」

少しの沈黙の後、口を開いたのはミゼラだった。

「……前、ね。同じように手伝いをしていて、お皿を割ってしまって、丁寧にしようとすると遅いと怒られて……怒られないように急いで……結局お皿をまた割ってしまった後にやはりハーフエルフは使えないと言われて地下に閉じ込められたの……」

「……」

俺は、ミゼラの話に口を挟まずに耳を傾ける。

ミゼラに無理をさせてまで聞きたいわけじゃない。

だが、何があったのかは知りたい。いや、知らなくてはいけない気がした。

なので、ミゼラが話せるところまでは黙って聞くことにした。

「真っ暗で……日の光すら当たらない灯《あか》りのない地下室。そこに鎖で繋がれて出してもらえず、ご飯もちょっとだけ……黒いパンの端と、味の無い冷めたスープ……。今日の料理とは比べ物にならないほどの質素な物だった……」

それは……どれだけ辛《つら》いことなのだろう……。

人は、日の光を浴びなければ、体に支障をきたしてしまう。

暗闇と言うのは、人の心を侵食する。

不安、恐怖、疲弊、憔悴《しょうすい》などが押し寄せ、まともな神経がどんどん壊されていくだろう。

ミゼラは過去のことだと淡々と話してはいるが、その顔はずっと青白く、こうして話しながら思い出すことも辛いのだろう……。

「心が疲弊して、私の心が折れる頃に前の主は言ったの。役に立たないのだから、せめて一生の誓い《オンリーワン》くらいは使ってみせろって……。それでも、私は使わなかった。わずかに残っていた恨みと憎しみが、それを許さなかった。それから、私の食事は一日一度……踏まれた痕のあるような古い黒パンと、野菜の欠片《かけら》、それと一杯の水だけだった」

拳を握り、爪が肉に食い込むのがわかる。

唇を噛み締めて、誰だかわからない前の主に憎悪を募らせる。

人として……やってはいけないラインさえ平気で越えるのか……。

「だから、今日は嬉しかった。美味しかった。楽しかった……。食事って、こんなに素敵だったんだって。料理って、こんなにも温かいんだって……それなのに……ごめんなさい」

「謝ることなんて何もないだろう。……悪いのは、ミゼラじゃない」

「ありがとう……。本当に、貴方《あなた》はウェンディ様が言う通りの人なのでしょうね。私も……今はここにいたいって思ってるわ」

「な、なら、いてもいいんだぞ。ヤーシスには俺から――」

「それは出来ないの。……私ね。何も出来ないの。貴方が今までの人とは違うことはわかる。もし人生に分岐点があるのなら、ここなんだろうなってこともわかってる。ウェンディ様に言われたからだけではなく、他の皆の表情からも、隠れて貴方のことを観察もしたからわかるわ。でもね……優しくされても、私には何も返せないの……」

そんなことはない。

今日だって、皿を割ってはしまったが手伝ってくれてありがたかった。

役に立とうとしてくれたことが、今日は楽しかったって言ってくれたことが何より嬉しかった。

「スキルも何もないの。ハーフエルフは成長が乏しいから……この年になっても何も覚えていないの。アイナさん達みたいに冒険者として役立つことも、シロみたいに護衛として働くことも、ウェンディ様みたいに家事をこなすことも出来ないの……」

だから、とミゼラは続ける。

「私はここにはいられない……。何も出来ない私は、優しい貴方に何も返せない……。むしろ、ハーフエルフを抱えるというだけで貴方には迷惑をかけてしまうわ。ウェンディ様にも、お世話になった皆にも……貴方にも、これ以上の迷惑はかけたくないの……」

ああ……やっぱり……良い子なんだよなあ……。

あんな扱いを受け、心を蝕まれてもなおミゼラはミゼラのまま、本来の優しい心を残していたんだ。

人族を恨みながらも、人族全体ではなく、分別を付けて人を見られるだなんて、尊敬に値する強さだよ。

俺に、俺達に迷惑をかけたくないんだってよ。

だから、一緒にいられないんだって。

「仮……なのでしょう？　私、元気になったら商館に戻されるんでしょう？　でも、私はそれが嫌。貴方に迷惑をかけるのも嫌。だから……これからも私を、逃がしてくれる？」

……ヤーシスからこの子を預かった時は自信が無かった。

この子の恨みを、この子の今後を俺がどうにかして良いとは思えなかった。

いや違うよな。

……責任を、持ちきれないと思ってしまったんだ。

でも俺は、もう聞いてしまった。

ここにいたいと、ミゼラの願望を聞いてしまった。

だから……。

「……決めた」

「決めたって……何を？」

「悪いけど、約束を破らせてもらう。俺は、ミゼラを俺の許《もと》から放さない」

「え……？」

「俺はお前を幸せにすると決めた。だから、もう黙って送り出すことは出来なくなった」

この子を幸せにする。

いや、この子は幸せにならなきゃ駄目だ。

何よりも、俺の為に。

「話を聞いてなかったの？　私は……」

「聞いた。その上で決めた」

「そんな……貴方も、私の気持ちをないがしろにするの……？」

「ああ」

そう。ここからは完全に俺のわがままだ。

ミゼラの気持ちを無視し、己のわがままを通すという自己中《エゴ》である。

「……そう。それでも私の気持ちは変わらないわよ」

「好きにすればいいのは変わらないよ。でも、俺も好きにさせてもらう。どっちが根負けするかの勝負だな」

それだけ言って俺は部屋をあとにする。

部屋を出ると、心配そうな面持ちのウェンディとシロが部屋の前で待機していた。

「ん。主、顔が締まってる。……何か、決めた？」

「おう」

「ご主人様……ミゼラは……」

「……これから、俺のわがままに付き合ってもらってもいいか？」

「はい」「ん」

内容は聞かれない。

だが、二人はすぐさま頷《うなず》いてくれる。

俺はそんな二人に甘えるように、ぎゅっと二人を抱きしめる。

俺は今幸せだ。

この世界に来て、二人に出会えた。

「ちょっと、そのわがまま。私達も交ぜなさいよ」

「そうっすよ。仲間はずれはよくないっす」

「主君、私達も微力ながらお手伝いするぞ」

お風呂上がりのソルテとレンゲ。

食休みをしていたアイナが現れ、彼女達も抱きしめる。

大切な人が出来て、大切な人が増えて、この世界が大好きになった。

だからこそ、俺は許せない。

大好きな世界で、あんなにも優しい子が、何の罪もない彼女が悲しい表情を浮かべているという事実が何よりも許せない。

笑ってほしい。生きることは楽しいと、日々に幸せを感じてほしい。

幸せになることを、どうか諦めないでほしい。

だからこそ、決めた。勝手に決めてしまった。

さあ、始めるぞ。

俺の自分勝手で子供じみた動機の、自己中心的でわがままな、他人に幸せを押し付けるという願望を。

第六章　これから

ドンッと金貨の入った袋を机の上にまるで叩《たた》きつけるかのように置く。

「ミゼラを俺に売ってくれ。いくらだ。言い値を払う」

ヤーシスの奴隷商館を訪れて、開口一番世間話もせずに本題へと入る。

隣にはウェンディがおり、今日は他の奴隷などを紹介される隙すら与えない。

「えっと……いきなりどうしたのでしょうか？　話が見えないのですが……」

「預かっているあの子を俺が引き取りたい。お前に任せておけば悪いことにはならないとは信じてる。だが、他の誰にも任せるつもりが無くなった」

淡々と現状を伝え、金貨の袋の紐《ひも》を解く。

「それで、いくらだ？　いくら払えば、あの子の主人に俺はなれるんだ？」

「いやだから……」

「足りなければ物品もつけるぞ。アクセサリーなら数十はあるからな。後払いでもいいのなら、もっと上乗せするぞ」

「ちょ、ちょょっと待ってくださいって！　落ち着いて！　お客様は今随分と興奮していらっしゃるようですから落ち着いてください！」

落ち着けも何も俺の中では何をすればいいのかはわかっているくらいには落ち着いてるよ。ただ、心の中で燃えている何かは全く落ち着くことなく燃え盛っているのだが。

「はあ……一体何があったのですか？」

「何もないよ。ただ単に、俺が俺らしくわがままを言い始めただけだ」

「わがままですか……。それで、ウェンディ達《たち》も皆同意していると……」

「勿論《もちろん》です。ご主人様がご主人様らしくあるのです。私達は全員、ご主人様の御心《みこころ》のままにありますので」

「そうですか……。わかりました。それではお譲りいたしますよ」

「そうか。ありがとうヤーシス。それで、代金は……」

「いただけませんよ。元々あの子が元気になれば真っ先にお話しする予定でしたからね。最初に言ったでしょう？　貴方《あなた》でないと救えないと……。もちろん貴方が断れば別の方を探す予定ではありましたけど、最初から貴方にお願いする予定だったんですよ……」

「あー……そうだったのか。威圧的になって悪かったな……。でもただってのも……」

「いいえ。構いませんよ。それだけあの子を強く思ったのでしょう？　貴方が自らの意思で奴隷を買うと決めたことを見るだけでも、それが伝わって参りますよ。そんな状況で儲《もう》けようと見誤るほど、私は間抜けではございませんので」

それではと契約書を作りに行くヤーシス。

正式な契約はミゼラが回復し、ここに足を運べるようになってから……というか、そもそもミゼラが認めないとここには来ないのでミゼラが納得してからだな。

「ふふふ。やはりこうなりましたね。ご主人様は、清濁併せ呑《の》むようなお方です」

「それって、オークションで言っていた言葉か？」

「ええ。ご主人様はあの子の過去の辛《つら》さも境遇も飲み込んで、きっと幸せにしてしまうのだろうと信じていました」

「……ウェンディも買い被《かぶ》りすぎだな。でも……そうなるように努力するよ。あの子を……ずっと幸せにしてやるんだ」

強い決意を胸に、ヤーシスと契約を交わして俺達は帰路につく。

あの子を預かった時からあった心のもやは晴れ、一本の道が見えているように足取りが軽かった。


決意の日から数日——。

はぁぁぁぁ……。

今日も特訓するかーと意気込んで外に出たのだが……。

「さあさあ！　ご主人やるっすよー！」

うわー。やる気満々だよ。

腕ぐるんぐるんまわしてるよ……。

前宙とか、バク宙とか平然と準備運動のようにやるんだもんなあ……その足場、トランポリンとか弾力性のある床じゃないんだよね？

「はあ……」

「あのー……ご主人？　なんで自分相手だと露骨にやる気無くすんすか？」

「いや、だってさ……」

レンゲとも何度も特訓をさせては貰《もら》っているのだが、正直に言えば一番怖い。

まず近い。超近接で来る上にレンゲが相手の場合って基本的に俺は防御ばかりになるのだ。

無手の崩しとか実際にされるともう、どうしようもない。

為《な》す術《すべ》もなく倒されて、腹や顔に寸止めを入れられるのを繰り返すのだ。

「大丈夫っすよ。もう空中コンボとかしないっすから！」

「当たり前だ！」

何が、『ちょっと面白いことするっすから、剣真《ま》っ直《す》ぐ構えててくださいっす。ずらしたら大怪我《おおけが》するっすよ』だよ！

下から打ち上げられたと思ったら飛び跳ねたレンゲの足技でどんどん高く上げられるし、レンゲは褒めて欲しそうにドヤ顔してたし！

「アイナやソルテと違って、レンゲはほとんど生身だからなあ……気がひけるってのもあるし……」

「あははは、大丈夫っすよ。ご主人の剣なんて当たらないっすし、当たっても切れないじゃないっすか！」

「その通りですけども！」

そりゃあ、この『マナイーター』じゃ魔力を吸い取るだけだから切れないけど！

当てたいがために二刀流にしてみたけど『陰陽刀　-陰-』という実体は切れずに、かすれば麻《ま》痺《ひ》効果のある刀も当たりませんけど!?

そりゃあ、俺じゃレンゲにまだまだ当てることすら出来ないけどさ!!

事実なのだが、悔しいのだ。

「あははは、ほらほら。一本取ったら今日は大サービスで、ご主人用の太ももを使った技をかけてあげるっすよ」

「よし、潔くやろうじゃないか」

なんだろう？

太ももを使った技……。アレか？　まさか挟んで……なるほどスライムローションの出番か。

ふふふふ、ならば今回は攻めに転じざるを得ないじゃないか。

楽しみにしているぞ！　とても！

「じゃあ、やるっすよー！」

「っしゃあ、行くぞおおおお！」

一時間後……。

「え、えっと……ご主人？　大丈夫っすか？」

「っ……へぁー……うへぇ……」

心配そうなレンゲを前に、かろうじて剣を杖代《つえ》わりに立っている俺……。

ごめんよマナイーター。ごめんよ陰陽刀－陰－。

大層な武器なのだろうけど、こんな使い方をしてさぞ悲しいだろうが俺を許しておくれ……。

でも、俺が泣きそうなんだけど、泣いていい？

太ももを使った技を受けたのだが、単なるフランケンシュタイナーだった。

いや、大技だし単なるって言うには派手な技だけどさ……。

挟まれた瞬間は確かに最高の瞬間だった。

ただし、あくまでも瞬間であってその後くるんと地面に倒されるわけで……。

視界が回るって、怖いなあ……。

「……なんだかボロボロね」

声をかけられた方向になんとか首を向けるとそこにはシロとミゼラの姿が……って、え!?

ちょ、息がっ！　驚いて息が詰まる！

「ゲホッゴホッ！　ガハァ！」

「大丈夫……!?」

「レンゲ、やりすぎ」

「っすね……反省するっす……」

「主《あるじ》は弱いんだから、ちゃんと程度を弁《わきま》えないと死んじゃう」

「ぜ、全部寸止めっすよ!?」

うん、フランケンシュタイナーも地面に頭が突き刺さる手前で止めてくれたけどさ……。

「ん。でもボロボロ」

「うーあー……ごめんなさいっす……」

いや、まあ……怖かったけどさ。ほら、ね。特訓だし多少それくらいの目に遭わないと強くなれそうも無いし。

今日だって、一発だけ惜しかったんだぜ？　多分。

って、喋《しゃべ》りたいのにまだ息が整わない……。

よし、吸ってー……吐いてー……。

「これ、お水よね？　はい、飲める？」

「ふぃー……あ、あり」

「無理に話さなくて良いわよ。はい、慌てずゆっくりね」

ミゼラから受け取ったコップの水を、一気に飲み干したくなる衝動に駆られつつも言われたとおり一口一口ゆっくりと、飲み込んでいく。

「ぷはぁ……はぁ。ありがとう。えっと……おかえ……り？」

「……ただいま」

「今日は、ちょっと遅かったな」

「日に日に逃げる時間が増えてる。褒められた気がしないわ……」

「結局捕まってるんだから、前と変わらずこの家から逃げ出している。

ミゼラはあの日から、前と変わらずこの家から逃げ出している。

好きにしろと言ったのだから勿論構わないし、ちゃんと一日一度の約束は守ってくれているようだ。


逃げ出さないように監禁するなどは絶対にしない。

勿論、帰ってきたら他の皆と同じように接すると決めている。

「それよりも、大丈夫？　随分激しい鍛錬をしていたみたいね……」

「ああ……これくらいなら割と多いしな。レンゲ、特訓ありがとう」

「ごめんなさいっすぅ……。肩貸すっすか？　お風呂行くっすか？」

「いや、三人で先に入ってくれていいぞ。それに……」

シロとミゼラを見る限り、腕や顔、服が少し汚れているので狭い路地なども通ってきたのだろう。

だが、それよりも首下の服が凄《すご》いことになっている。

真っ赤だよ……。血ではなさそうだけど、真っ赤なんだよ。

だから先ほど驚いて息が詰まってしまったのだ。

「……どうしたんだそれ？」

「……せっかくいただいたトメトを少しこぼしちゃったの」

「ああ、いつもの野菜売りのおばさんか？」

「ええ、申し訳ないんだけど……」

「わかった。それじゃあ、貸しに付けておくよ」

「ごめんなさい。お願いします……」

ミゼラとシロの追いかけっこが始まって数日、その姿は街の人達にもよく見られることとなり、お店の陰に隠れていた時におばさんに発見されてから野菜をいただくことがあった。

俺がそれを聞いて買い物の際におばさんに代金を払おうとしたのだが……。

『あははは、いいんだよ。あんたはいつも沢山買ってくれてるしね。元気が良いのが一番さ。うちの領主様を見ればわかるだろう？』

と言われてしまった。

それならばと普段よりも沢山買うなどで返していけばいいかと思ったのだが、ミゼラは必ず自分で返すからと言って聞かないので帳簿をつけているのだ。

ちなみにだが、野菜屋のおばさん以外にも肉屋のおっちゃんやパン屋のおじさんなど、ミゼラを応援してくれている人達が沢山いる。

あいつら楽しんでやがるんだよ。

「……それじゃあ、お風呂行ってきな」

「いいの？　その……旦那様の方がボロボロだし、先に入った方がいいんじゃない？」

「ちょっと仕事があってな……。お風呂入ったらすぐに寝ちゃいそうだし、先に済ませておきたいんだ」

「そう……わかったわ」

「シロも一緒してきな」

「ん？　シロは汚れてないよ？」

「狭い道通ったろ？　ほら、尻尾の先が黒くなってるぞ」

シロの尻尾は真っ白だから、汚れがわかりやすいのだがわざわざ自分の尻尾を見るようなことはしないのだろうか？

「不覚……ん。わかった」

「悪いんだけどミゼラ、しっかり洗ってやってくれないか？」

「わかりました。旦那様」

ミゼラはここのところ毎日逃げ出してはいるが、戻ってくるとしっかりと奴隷として行動してくれる。

というか、散々逃げ回って疲れて帰ってきているようなので余計な体力を使いたくないのだろう。

お風呂に入り、食事をしてしっかりと明日逃げる英気を養ってもらいたい……いや、逃げない方がいいんだけどさ……。

まあ、諦めてもらうには何度も試行が必要なのだろう。

好きにさせると決めた以上、好きにさせようと思う。

「それじゃ、途中まで一緒に行こうか」

「ご主人！　支えるっす！」

ありがとう、とレンゲに肩を貸してもらい、ゆっくりと歩き出す。

「そういえば……地下への道明るくしてくれたのね……」

「あー……まあ、ちょっと魔道ランプも作ってみたかったしな」

ミゼラのトラウマが地下室であり、暗いのはまずいと思ったので急遽《きゅうきょ》ではあったが、魔道ランプを作って増やしたのだ。

ランタン型で、鋼鉄とガラスを用いたシンプルな西洋風デザインなのだが、上手《うま》くできた方だと思う。

「……作ったの？　これを？」

「ん。主なら造作もない」

「良い雰囲気出てるっすよね。通るだけでも明るくて楽しいっす！」

「……どうして錬金術の才能がそんなにあるのに……」

「ん？」

ミゼラがとても小さな声で何かを呟《つぶや》いていたのだが聞き逃してしまう。

「なんでもないわ。……ありがとう」

「いえいえ。まあ……地下にはお風呂もあるしな。これから使う機会も多いだろうし……」

「私はここから逃げる予定なのだけど……。でも、一人じゃなくさせようとしてくれてありがとう
……。これだけ明るければ、大丈夫よ」

「……おう」

それだけ返事をすると、三人はお風呂へ、俺は仕事部屋に入り空気清浄機に魔力を注いで仕事椅子に座る。

「はぁぁ…………」

疲れた……体痛い……お風呂入りたい……。

でも、ランプ作ってよかったな……。

ミゼラ、少し笑ってたし大丈夫って言ってくれたし……。

「あー……だらけちまいそうだけど……」

……よし、やるか。

仕事机に図書館から借りた文献を積んでいく。

確か、この本のここからだったな……。

ああー……目が少し霞《かす》んで、細かい字が読みづらい……。

目薬作るか？　それか、眼鏡を作るか……。

どっちにしても、時間がかかりそうだな。

「……ご主人様」

「っ……ウェンディ。どうした？」

振り返るとウェンディが心配そうな顔で立っていた。

そのまま俺の横に歩み寄ってくる。

「その、お夕食の用意が出来ましたので、お知らせに……」

「ありがとう。任せっきりで悪いな……」

「いえ、お買い物はアイナさんとソルテさんが行ってくれましたから……。その……お疲れのようですが……」

「ああ。ちょっと今日は鍛錬が激しくてな……。はは、今日もぼっこぼこだったよ」

「……あの……何をお調べになられているんですか？」

「ん、ああ……どうして、ハーフエルフが特に強く差別されてるのかなって……。能力成長についてなんかも調べようと思ってさ」

ハーフエルフの特徴はスキルの成長が乏しい、寿命がエルフ程ではないにせよ長い、スキル耐性が高い、邪《よこしま》な感情を持ち合わせた相手は触れられない……。

うん。一緒にいると不幸になるとか、そういうことでは無いんだよな。

それに、スキル耐性が高いというのは能力の高さに値するんじゃないのか？

そもそも、ハーフエルフじゃなくたって、能力が低い者もいるだろう。

それに隼人《ハヤト》が言った王国が割れる程の大問題を引き起こした原因が何なのか、詳細はどれにも書かれていないのが一番疑問が残る。

ただ、原因はハーフエルフと言われても、納得できるわけがない。

「……あの……私にお手伝い出来ることはありませんか？」

「えっと……ウェンディには生活のことを任せているし、大分助かってるよ？」

お祝いの日から俺は家事を全てウェンディに任せてしまっているし、買い物もアイナ達に付き添いをお願いしているので、その分俺の時間が出来て調べ物に集中できているので相当助かっているんだけどな。

「私……もっとご主人様に頼って欲しいんです。何時《いつ》も一人で、無茶ばっかりして……心配なんです」

「無茶……って程じゃないよ？」

「嘘《うそ》です……。ミゼラにお部屋を譲ったまま、ずっとお部屋に帰ってないじゃないですか……」

あー……。

そういえば仕事部屋は鍵を閉めていれば皆察して入ってこないし、集中するのにも便利で快適だから籠ってたもんな……。

「ご主人様がミゼラの為《ため》に頑張っているのはわかります。だけど、それでご主人様が倒れたら、私達も、ミゼラも悲しいです……」

ウェンディはそれこそ泣きそうな顔で、泣きそうな声で搾り出すように呟く。

「調べ物なら私にもお手伝い出来ます。だから……もっと自分も大切にしてください……。この前だって……」

「……ごめん。悪かった」

「言葉だけの反省は嫌です……。私もお手伝いします」

「うん。ありがとうウェンディ」

ただでさえ俺のわがままを……って思ってたから、これくらいは自分でと思ってたんだけどな……。

「じゃあ、頼みがあるんだけど、聞いてもらえるか?」

「はい!」

「……少し、膝枕で寝させてくれ」

「ご主人様……嬉《うれ》しいですけど……」

「それと起きたら、一緒に調べ物を手伝ってくれ……」

「っ、はい!!」

嬉しそうに返事をするウェンディに、ソファーで膝枕をしてもらって横になる。

膝上からウェンディを見上げると、にへらっと緩んだ顔でこちらを覗《のぞ》きこんでいた。

「ごめんな、心配かけて」

「許しません。だから、しっかり眠ってください……」

「ああ……。そうさせてもらうよ……」

優しくウェンディに髪を撫《な》でられつつ、極上の枕であっという間に眠りに就くのだった……。


あーくそ。

無い無い無い……。

どれもこれもハーフエルフに対しての記述は、下等だの、劣等種だのばかり、大問題についてもハーフエルフが原因で国が割れ、一部の派閥が潰れたとしか書いていない。

っていうか、劣っていたとしてもあんな扱いが許されるのか？

だとしたらふざけんなだよ。がっかりだよ王国。

ハーフエルフの顔を見て劣等種とか美的感覚おかしいんじゃないのか？

見た目だって生まれ持ったいわば才能だぞ？

持たざる者もいるんだぞー!!

「これも他と同じですね……」

「そうか……次はっと……」

しまった、今ので今回借りた分はお仕舞いか。

もしかしたら図書館にある本は全て王国派の検閲済み……なんてことはないよな？

ここまで無いと、まさかとは思うが、都合の悪い歴史はなかったことにしてるんじゃないかとさえ思えてくるな。

「少し休憩にしましょうか……」

「いや、あー……そうだな」

ウェンディが手伝い始めてからはしっかりと休みを取るようになった。

まだ大丈夫だろうと思ってもこうして様子を見てから休みを提言してくれるからな。

言うことを聞いて、しっかりと休んだおかげか進展も倍以上に早くなっているのだ。

「はぁぁ……」

目頭を押さえ目の疲れを癒す。

眼球マッサージをしてから一息。

「お昼ご飯作りましょうか」

「ああ。今日は俺もやるよ。気分転換も必要だ」

「はい。それでは、お買い物から行きましょう」

「そうだな、そうしようか。ついでに図書館にも寄って本を返してまた借りようか」

ミゼラは今日も逃げ出して、それをシロは追いかけている。

三人は庭で訓練中だったはずなんだがいなかったな……。

と言うことで、今日は二人でお買い物だ。

まずは普段からお世話になっている野菜売りのおばさんのお店だ。

この前もミゼラがトメトを貰ったみたいだし、今日は沢山買わせてもらおうかな。

「こんにちはっと」

「おやあ、いらっしゃい。今日は二人かい？」

「ええ。今日はご主人様と二人っきりです」

「そうかいそうかい。良い笑顔だねえ。それじゃあ、ミゼラちゃんに感謝だね。今日もここらを走っていたよ」

「あー……毎度迷惑をかけるね……」

「いいんだよ。領主様に比べたら可愛《かわい》いもんさ。ほら噂《うわさ》をすれば……」

野菜屋の店主がふと顔を横に向けたのでそちらを見ると……。

「くっ、見つかった……！」

「今日はあと一回やり直しがある。使うー？」

「まだ逃げ切れるわよ……」

「ん。じゃあ、捕まえてから使わせる」

遠くの方に見えるのは逃げるミゼラと、楽しそうに笑うシロ……。

あいつら、独自にルールを決めてやってるのか……。

なんだやり直しって。一日何回やり直しが出来るのだろうか。

「……あとで、あっちの方でも買い物をしようか」

「ええ。そしてシロには注意しましょう……」

そうだな。人混みの中で走るのは迷惑だから止《や》めるようにあとで言っておこう……。

「それにしても……本当に普通の反応なんだな……」

今まで話を聞いていた時も思ったのだが、この街の人達のミゼラに対する反応に驚いた。

差別に対しては、正直厳しい反応ばかりなのだと思っていたのだが……。

「ミゼラちゃんの種族のことかい？」

「あ、いや……」

限りなく小さな声で、独り言だったのだがおばさんは野菜を籠に入れつつ聞き取ったみたいだ。

「この街は商業都市だよ。他国からだって人は沢山来るからね。よそではハーフなんて普通なのに、この街で差別を受けたなんて言われたらその国の人は来なくなるじゃないか」

それに、とおばさんは続ける。

「……私達庶民は何も知りゃしない。お偉いさんにはそれだけの理由があるのかもしれないがね。でも、そんなことは私達には関係無いんだ。私達は王国民だが、『アインズヘイルの領民』だよ。

領主がアレなんだから、わかるだろう？」

はいよっと渡された野菜を受け取り、少し呆気《あっけ》に取られてしまう。

領主……オリゴールには何度もこいつが領主で大丈夫なのかと思ってきたのだが……まさかあんな領主だからと安心できる日が来るなんて……。

「辛い目にあってきたんだろうさ……。うちの野菜を頰張りながら、ありがとうございますって、目を潤ませてたよ……。良い子じゃないか。あんた、幸せにしてやんなよ？」

「ああ。当然だ。約束するよ」

「はっはっは。あんたが言い切るなら大丈夫だ。あんたもアインズヘイルの領民だからね。皆で安心して追いかけっこを楽しませてもらうよ。なあ？」

おばさんがそう言うといつの間にか集まっていた店主達が大きく頷《うなず》いていた。

そっか、そうか……。

ああ、俺この街が初めにたどり着いた街で良かった。

ここに、家があって良かったな……。

「ご主人様。嬉しそうですね」

「ああ。嬉しいよ。俺、この街が大好きだ」

「はい。私もご主人様に出会えたこの街が大好きです」

ウェンディがそっと俺の手を握り、指を絡ませてくる。

俗に言う恋人繋《つな》ぎという奴《やつ》だ。

このあと、店主達の店で買い物をする際も手は繋いだまま。

新婚さんみたいだなと冷やかされもしたが、手を放すことはなかった。


図書館に寄って新たな本を借り、昼食が出来上がる頃にはミゼラとシロが帰ってきた。

アイナ達はというと、ギルドに寄ってクエストを確認してきたらしい。

アイナ達は昼食後にクエストへと向かうそうだ。

そして冒険者ギルドからポーションの発注を受けてきてくれたようなので、午後からはポーション作りをすることとなった……のだが……。

「ちょっと見ててもいいかしら」

と、ミゼラからの要望があったのだ。

本日は逃亡済みなのでこれ以上逃げないとは思うのだが、帰ってくるとうちのトレーニングルームを使うか部屋で眠っていたミゼラが今日は俺の仕事を見たいと言ってきたのだ。

地下で男と密室に二人きりなんだが大丈夫なのか？　と心配になったのだが、とりあえず部屋の扉は開けたままにし、ウェンディが途中で様子を見に来るとのことなので、ミゼラが大丈夫ならばと許可をだした。

「錬金って、手作業でも行うのね。スキルでぱっとできるのかと思ってた」

「ああ。こっちの方が精度がいいんだ。スキルでも作れるが、そっちは練度やレベルが関係してくるかな。手作業の方も魔力の調整とか、集中力が必要だけどな」

普段ならばスキルですぐに終わらせてしまうのだが、今日はミゼラが見るというので手作業でポーションを作ることにした。

とは言っても、下位のポーションは手作業で作った回復ポーション（中）を贋作《マルチコピー》で効果を落として作るので、手作業は効果の高いポーションになる。

「そう……でも、あまり疲れたようには見えないわね」

「まあ、慣れた作業だからな。これは冒険者ギルドに卸すポーションなんだが、あそこに卸すポーションのほとんどを任されてるから作り慣れたもんだよ」

「安定してお金が入るのね……。だからこんなに大きな家に住んでいるの？」

「いや、確かに需要は高いけど、どちらかと言えばポーションは薄利多売かな。アクセサリーの方が儲けは大きいよ」

今度は銀のインゴットを取り出して、分割してから手形成《ハンディング》を用いてデザインを作る。

外側の三枚の花弁と、内側の六枚の花弁を別々で作って組み合わせる。

本来ならばこの花は下を向くものなのだが、上を向かせて内側を小さな宝石で彩って完成した。

『スノードロップのシルバーブローチ　体力大上昇　敏捷《びんしょう》中上昇』

まあまあかな。

能力は二つだが、大上昇と中上昇なら文句は無い。

「はぁー……あっという間、見事ね。職人技というものかしら……」

「そんな大層なもんじゃないよ。はい。ミゼラにあげる」

「貰えないわよそんな高価な物……」

「まあまあ。せっかくだしさ。それに、能力も上がるからこれで逃げやすくなるぞ？」

上昇効果は体力と敏捷だから、逃げるにはぴったりだろう。

明日動きの変わったミゼラに、シロは驚くんじゃなかろうか。

「……貴方は私を逃がしたいの？　逃がしたくないの？」

「そりゃあ逃がさないよ」

能力向上とはいえ、元のステータスが大きく影響するので、このくらいでシロから逃げられるとは思っていないしね。

アクセサリーだけで劇的な変化があるのなら、俺はもう少し戦闘で強くなれるんだけどなあ……。

「質問の返しになってないわよ……」

「はっはっは。そういえば、もし逃げ切ったとしてさ。実際どうするんだ？　お金もないし、仕事もあてがあるわけじゃないんだろう？」

「……それは、貴方の考えることでは無いわよ」

「考えるよ。逃げた方がミゼラにとって良いならしょうがないと思えるけど、そうじゃないなら悪いけど、諦めるつもりがないからな」

例えばミゼラの両親が生きていて、その所在もわかっているというのなら……俺はそこまで送り届けるけどさ。

それでも、再発を防げないのならばそれすらも認められないけどな。

「……貴方、奴隷商館に行ってきて、私を引き取るって言ったのでしょう？」

「ああ。後は一緒に商館に言って契約を結べば完了だ。それで正式にミゼラはここに住むことが出来る」

「……どうして貴方は、私にそこまで構うの？」

「そりゃあ俺がそう望んでいるからな。ミゼラには幸せになってほしい。いや、幸せにするって決めた以上、過剰なほどに構うさ」

「それを私が望んでいなくても？」

「ああ。余計なことは考えず好きにするって決めたんだ。俺の好きにしたいって決めたから、俺はそれを叶《かな》える為に全力をだすよ」

誰だって幸せになりたいと思う。

生きているのならば、そう願うはずだ。

いや、正確には幸せの形は人それぞれである以上、不幸せになりたくないかな？

ミゼラが望み、願う幸せは俺から逃げ、奴隷商館にも戻らないことだろう。

だが俺は、勝手にそれが本質ではないと思ってるので、俺が思う幸せの為に動くのだ。

「……あのね、何度も言っているけど私はここじゃあ役立たずなの。シロは貴方の護衛を、アイナさん達は素材集め、ウェンディ様は貴方の身の回りや生活を支えている。そんな中、役立たずの私が何もせずにいられると思う？　それが幸せだって言えると思うの？」

「思わないな。でも、今出来ないからってこの先も出来ないとは限らないんじゃないか？　役に立ちたいなら、何かに挑戦したいというのなら応援するし、協力するよ。それまでは普通に家事の手伝いをしてくれるのもありがたいぞ？」

この前の手伝いは、三人で凄く効率が良かったしな。

それに、洗濯物を取り込むウェンディを手伝ってくれて助かったとも聞いている。

鍛錬後にお水を差しだしてくれたのも助かった。

少しだって構わない。役に立たないことなんてないんだよ。

「あのね……。この前も見たでしょう？　普通の家事手伝いすら出来ないのよ。お皿も割ってしまったし……私はハーフエルフなのよ？　スキルが望めない、成長が見込めないハーフエルフなの」

「なら、皿は割れない物にするか。そうすれば皿洗いは手伝えるだろ？　それに、俺等《おれら》だって皿を割ることくらいあるぞ。ミスがないわけないだろ。……小さな失敗すらハーフエルフだからって、逃げ道にするのはちょっとずるくないか？」

「……ずるくなんかないわよ」

「いいや。ずるいね。スキルが望めない？　成長が見込めない？　違うよな？　成長がしづらいだけで、スキルも覚えられるし成長もするよな？　スキルと関係の無いところであれば、ハーフエルフだってことも関係ないはずだよな」

これは沢山の書物にも書いてあったことだ。

確かに成長速度は遅い……だが、スキルを覚えられないわけじゃない。

現に過去にはスキルを覚えた者もいたとか、他国では普通に暮らしている以上なんらかのスキルは持っていると思って良いはずだ。

さらに言えば日常生活だってスキルが無ければ送れないわけではないはずだ。

今までは覚えさせてもらえなかったかもしれないが、ここでなら違うとミゼラもわかっているだろうに。

「そうかもしれないけど……でも、貴方達人族と違って、私達ハーフエルフは劣っているのよ。エルフと違って魔力量も低いの。スキルレベルだって上がるのが遅いし、上限だって……」

「それは甘えだな。いっちょ前にやる前から諦めるな」

「っ！　あなたにはわからないわよ。錬金って才能も女神様からいただいたものじゃない……何一つ、あなたの力なんかじゃないわ。他人の力で今の生活をしているあなたに何がわかるの？」

「わかんねえよ。見込みがない？　才能がない？　その程度のことで行動を起こしもしない奴の気持ちなんてわかるはずがない」

「っ……あなたも、同じ思いをすればわかるわよ……。才能の無いことを、続けられるなら続けてみなさいよ。きっと投げ出すわ……。だってあなたには、錬金があるからそっちにいつでも逃げられるのだもの。あなたのこと、優しいって言ったわね。どうやら私の勘違いだったみたいね……」

「そうかい。俺の評価なんて、なんだっていいよ。どちらにせよ断言する。ミゼラが自分で一歩を踏み出さない限り、逃げ出そうとここにいようと幸せになんかなれやしない。俺にだって……」

部屋を出て行くミゼラの背中に、俺は言葉を途切れさせる。

思いのほかヒートアップしてしまったことを反省しつつも、後悔はしていない。

俺の言ったことは間違っていないはずだと、俺は俺を信じている。

役に立ちたいと願うのなら、ミゼラがやりたいと本気で思うなにかを見つけなければいけないと思う。

だが、彼女はハーフエルフであることを理由にして一歩を踏み出そうとしない。

それ自体、境遇を聞いたうえで仕方ないとは思わなくも無い。

でも、ミゼラが一番……ハーフエルフであることを差別し、諦めていると感じたのだ。

とはいえ……。

「あー……言い過ぎた……間違いなく言い過ぎた……はあああー……」

どうしても伝えなければいけない必要なことだったとはいえ、心の弱っている少女になんであんな言い方しか出来なかったんだと、ウェンディが様子を見に来るまで頭を抱えて大きなため息をつくのだった。

―ミゼラSide―

ムカつく……っ！　ムカつく……っ！

本当に腹が立つ。

何度目かわからないが枕を叩き、私は八つ当たりをする。

ハーフエルフであることに甘えている？

ハーフエルフであることを恨んだことはあれど、甘えた覚えなんて一度もない。

あんな女神様から強力な力を貰っただけの『流れ人』に、他所《よそ》の世界から来た男に一体何がわかるというの？

どうせ才能なんていらなかったのよ。

どうせ女神様からもらった強力なスキルで、何一つ苦労することなく生きて来たのでしょうね。

だから、上から目線で他人を幸せにするだなんて言えるのよ……。

私の幸せは私が決める。

あんな恵まれた男に、私のことなんてわかりっこない。

ベッドに潜り込み、今日起こったことをずっと考えていた。

フカフカのベッド……このベッドだって、あいつのスキルのおかげで手に入れたものだろう。

豪勢なご飯も、豪邸も全部きっとそうだ。

全部が全部、この上質で肌触りの良いベッドすらも憎らしく感じてしまう。

このアクセサリーだって……っ！

「……ミゼラ。入る」

勝手に戸を開けて、シロが部屋に入ってきた。

入ってくるなと言いたいところだけど、別にこの部屋だって私の部屋というわけでもないのだ。

「寝てる……？　ご飯。冷めちゃったから温めてきた。一緒に食べよ？」

「……いらないわ」

「んーん。食べないと、明日走れない……」

「……今日出て行くもの」

「今日？　今日はもう出た。約束が違う」

「あの人が約束を破っているのだから関係ないでしょう！」

八つ当たりだ。わかっている。

「……主と喧嘩《けんか》した？」

「っ！」

「主、食事中ミゼラの席を悲しそうに見てた。なんだか上の空で後悔しているような感じだったから……」

その言葉を聞いて、余計に腹が立った。

後悔？　ふざけないで、そんなことしないでよ。

私に正論を叩きつけておいて後悔なんて……。

わかってる。わかってるわよ。あの男が言ったことが正しいだなんてわかってるのよ！

ウェンディ様が言う通り、あの男は今までの人達とは違う本当に優しくて良い人だ。

ウェンディ様が信頼し、アイナさん達やシロが心を許しているのだしあの人は善人なのだろう。

……いや、そんなことは一緒に過ごしていれば嫌でもわかる。

見せかけじゃない、本当に私を大事にしてくれる人。

倒れた私のために無理をして薬を作ってくれた。

温かい料理を作ってくれて、美味《おい》しいと言っただけで子供のように喜んでくれた。

なにより、私を人として扱ってくれた……。

優しいだけじゃあ、私は裏があると疑う。

厳しいだけじゃあ、私は恨み拒絶する。

どちらも持ったあの男は、きっと本気で私のことを考えてくれている。

そんなことはわかりきっている……。

でも、だからといって今まで真っ暗な世界で生きてきたのよ？

こんな世界滅んでしまえって、思い続けてきたのよ？

それが突然、世界が明るく眩《まぶ》しいものに変わってしまって、これからは幸せに生きられると言われて、信じられるわけがないじゃない……。

迷惑をかけたくないなんて嘘。

いたい。ずっとここにいたい。

貴方の言った幸せにするという言葉を信じたい。

私のために言ってくれた言葉を信じたい。

逃げ出したところで、野垂れ死ぬかまた奴隷にされるしかないなんてことはわかってる。

でも……だからこそ、幸せを知ってしまった後に突き放されるのが、手放すのが怖い。

ならばいっそ、手に入らなかった方がずっと楽だと思ってしまう。

それでも……手に入れるには、ここにいるにはどうすれば良いのかなんてわかっているわよ。

「ぐっ、ぅぅぅ……っ」

「ミゼラ、泣いてるの？」

「泣いでないわよ！」

わかりきっているくせに、たった一歩前に進むだけの勇気が持てない私の弱さに、情けなくて涙が出る。

ここまでお膳立てされていても、失望された時が怖いんだ。

たとえ旦那様でも、呆《あき》れられて、怒られて、捨てられるんじゃないかと思うだけで、才能がないことがわかっていて努力し続ける自信がない。

「ミゼラは……主が嫌い？」

「嫌いよ……。何の苦労も知らないくせに……のうのうと暮らしているやつなんて大嫌い……」

「主はいっぱい苦労してる。シロ達がいっぱい迷惑をかけてる。それでも主は笑ってくれる。表で笑って、陰でいっぱい努力してる」

「努力？　する必要がないでしょう。こんな豪邸まで手に入れて、ウェンディ様やアイナさん達、シロまでいて才能まであって順風満帆じゃない。笑わせないでよ……」

「……来て」

「ちょ、ちょっと……」

有無を言わさずシロが手を引き、廊下を進んでいく。

小さな猫人族なのに、力強く引っ張っていく。

連れてこられたのは、真っ暗なリビングであった。

すると、シロはテラスへのガラス扉を開けて手招きする。

口元には指を一本立てて、しぃーと、静かにするように促しながら。

一体なんなのよと思いつつも外に出ると、シロは身を低くしながら手すりの方へと手招きしたので同じように身を低くして近づいていく。

「ん……」

手すりの外を見ろとシロが促す。

真っ暗闇の中、庭の方に顔を向けると、何やら二人分の影が見えた……。

※※※

「やれやれ……意外と続くものですね」

「まあ、一応俺がお願いしている立場ですし、早々に音を上げるのも根性無しに思われるじゃないですか」

「素直に感心しますよ。根性だけは買ってあげます」

「お、褒めてくれるなんて珍しい。ついにデレ期ですか？」

お茶会のお礼としてアヤメさんに稽古をつけてほしいとお願いしたのだが、まさかデレ期までセットだったのだろうか？

「……今日は昨日の二割増しで行きますね」

「じょ、冗談ですって……」

昨日もぼこぼこだったのに今日いきなり二割増しだと死んじゃうんですけど……。

アヤメさん本当に容赦ないからなあ……。

「それでは始めますよ？　早く終わらせて、私はアイリス様の護衛に戻らねばなりません。早々にギブアップしてくださいね」

「いやいや、それじゃあ鍛錬にならないじゃないですか。すぅ――……はぁ、はい。お願いします」

「では……」

深呼吸を一度して頭を切り替えると少し離れたアヤメさんを真っすぐに見つめ、武器を構える。

すると、アヤメさんがその場でゆっくりと倒れていく。

地面へ倒れる、と思ったらあっという間に肉薄して俺の眼前へと現れた。

何度となく見た歩行術だが、緩急が凄すぎて全く反応などできない。

そして、目の前に現れたと感じたと同時に腹へと肘が突き刺さっている。

「ぐぅ……おぇぇぇ……」

その場であまりの苦しさに膝をつき、さらに顎を蹴り上げられて宙を舞う。

垂直に上げられた足蹴りに、俺はなす術なく吹き飛ばされた。

「遅すぎます。何度も見せているのですから初撃くらい防いでください」

淡々と述べられるが、苦しいわ痛いわでそれどころではない。

「……もうやめにしますか？」

「がっ……ごっ……。じょ、冗談じゃない。まだまだ……」

「……そうですか」

マナイーターを杖代わりにし、もう一本、『陰陽刀　‐陰‐』を取り出して再び対峙《たいじ》する。

「二刀ですか。正直、ど素人に勧められるものではないのですが……防ぐ面積が増えるのは単純に有効でしょう。ですが……」

またも倒れ込むようにして緩急をつけて加速するアヤメさん。

よし、今度は防げ……ぐぅっ！

「……片手で防げるだけの力が備わっていなければ、見えている攻撃も防げません」

防いだはずの刀が俺の腹を凹《へこ》ませるようにして押し付けられる。

さらに一撃、膝をついた俺の頭に蹴りを打ち込まれそうになるが、それは『不可視の牢獄《インビジブルジェイル》』を発動させてなんとか防いだ……と思いきや、あっという間に破壊されて側頭部を蹴られて地面を転がる。

「その防御魔法は見事ですが、瞬時に多くの魔力を練り込めなければ無いも同然です。初見ならば防げますが、手だれであれば完全に理解ができていないスキルでもこうして瞬時に対処されてしまいますよ」

何度か跳ねるように地面を転がり、あまりの痛みに回復ポーションを取り出して飲む。

徐々に回復はしていくが、痛み自体がすぐになくなるわけではないのですぐには起き上がれないでいた。

「うぇぇ……」

「……かなり痛いでしょう。やめにしますか？」

「っ……痛いからこそ意味があるんで……。レンゲ達じゃあ寸止めで、気を使われて本気でやってもらえないからお願いしてるんですって……」

「本当に、根性だけは認めますよ。貴方が続けるというのならば、私は構いませんが……手加減しましょうか？」

「……いらないです。そんなのは意味がないでしょう」

「……いいですよ。それでは、普段通り。貴方の意識を刈り取るまでやりましょう……油断すると、死んでしまうのでご注意を」

近づいてくる、と思った瞬間に後ろに飛ぶ。

見事なまでに真っ直ぐに上げられた踵《かかと》が俺が元いた地面に穴を開け、あまりの威力にゾッとするが体勢をまず整える。

「いいですよ。本能に訴えかける危険を感じなさい。頭で考えるよりも早く体を動かしなさい」

俺には全く見えていないが、ゾッとするような感覚は身についてきた。

どこを狙われているのか、それだけは感じ取れているのでそれを頼りに武器や魔法でアヤメさんの攻撃を防いでいく。

「感覚が研ぎ澄まされてきましたね。では、速度を上げますのでご注意を」

アヤメさんの宣言通り、危険と感じる間隔が段々と狭まっていき必死の思いで体を動かす。

やばい、と思考が逸《そ》れた瞬間、踵落としを繰り出そうとしたアヤメさんの内腿《うちもも》にそって不可視《インビジブル》の牢獄《ジェイル》を発動した。

「っ……」

「グハァ！」

根本であれば力は込めづらく壊しにくいと思ったのだが、結局は不可視《インビジブル》の牢獄《ジェイル》を支点とされて反対の足で肩に蹴りを受けてしまいまたも無様に倒された。

「……今のはいいですね。私の狙いを逸らされました。貴方のスキルは防御にも使えますが、まず見えませんし妨害としての使い方も有用ですね」

「あ、りがと、ござます……」

「……休憩にしますか。まだ続けるのでしょう？」

「ぜえ……ぜえ……はあ……。あー……まだ続けます……。せっかく、珍しく、褒められたし、もっとアヤメさんの内腿を狙ってみたいですし……」

「……休憩終わりにしましょうか。変態はやはり駆逐すべきですね」

「そんな！　褒めてくれたのに！　や、ちょ、まだ息整ってな……！　それどころか、武器も持ってないんですけど！」

「休憩中といえど武器を手放すなど笑止です。ほら、大人しく吹き飛ばされなさい」

「大人しく吹き飛ばされないための訓練なんですけど!?」

アヤメさん生き生きしてますね！

ぼこぼこにする気満々じゃないですか！

あ、ちょ、本当にまずい。

やめ、吹き飛ばした後追い打ちは駄目ですって！

死んじゃう！　本当に死んじゃいますって!!

……案の定ボコボコにされたわけだが、本当の地獄はこれからだった……。

攻守逆転し、今度は俺が攻めるはずなのだが……甘い攻撃をすればすぐさま腹に蹴りを入れられる……。

もう何度吐いたことだろうか、多分、胃の中身はからっぽだ。

結局、最終的には回復ポーション（大）を六本使ったところで流石《さすが》に動けなくなり、今日の鍛錬を終えたのだった。

ちなみに、『座標転移《ポイントゲート》』のスキルは俺に触れていなければ通れない。

なので、ボロボロの状況で引きずられながらアイリスの寝所へとアヤメさんを送り、ボロボロのまま元いた場所に投げ入れられて帰ってきたのだった。

※※※

「……何あれ……？」

見ていて全身が震えてしまった。

目の前の光景を見て、身体《からだ》中にぞわりと鳥肌が奔《はし》る。

「アヤメ。アイリスの護衛」

「そうじゃなくて！　何で……あんなにぼこぼこにされているの!?　助けなくていいの!?」

「ん。主の鍛錬の邪魔はできない」

「鍛錬……？　鍛錬なら昼間にもしているでしょう？　あれが鍛錬……？　バカ言わないでよ。一方的に攻撃されてるだけじゃない！　止めないと死んじゃうわよ！」

「止めない。止められない……」

「どうして……」

シロは眉根を下げて、辛そうな表情を私に向ける。

「主が頑張っているのに、頑張らなくていいなんてシロは言えない」

「だって……あの人に戦闘の才能なんて……」

「無い。でも、毎日鍛錬とお仕事、調べ物したり忙しい中でも主はこの鍛錬を続けてる。主だって才能がないことくらいわかってる。どれだけ努力したところで、シロ達には一生追いつかない……。それがわかっていても、鍛錬を続ける主をシロは止められない」

シロは自身の力のなさを、主が頑張っているのに何もできない自分を責めるように、瞳に涙を溜《た》め、それでも流さぬようにと堪《こら》えているようであった。

「何で……そんな……」

「主がやりたいことだから。主が望むのなら、シロは主を見守る。主の心も守るのが、シロの役目だから」

「……どうして……そこまでして強くなりたいの？　錬金という才能があって、周りにはこの街きっての冒険者の三人も、あなたまでいる。このままでも……十分じゃない」

紅い戦線《レッドライン》はこの街で最高ランクであるAランクの冒険者。

その三人を同時に相手にしても問題無いというくらい、この子が強いというのは聞いている。

それだけの戦力を個人が有しているということ自体も驚愕《きようがく》だけど、尚更《なおさら》自身を鍛えることなんて必要ないと思うのが普通だろう。

「ん……主は、弱いことを弱いままでいいと思わなくなったって言ってた。何もできないのは嫌なんだって。本当は、痛いのも怖いのも駄目なのに……」

「何も、できない……」

私と一緒……。

だけど、大きく違うのはあの人は一歩を踏み出している。

わざわざ自分が苦手とするものに挑戦し、痛みを伴いながらも前へと進んでいる。

目の前でボロボロになりながらも幾度と無く立ち向かっていくあの人の姿を見て、いかに自分が矮小《わいしょう》であるかを感じざるを得なかった。

「……あの人は、続けるのかしら？」

「ん。別のことならともかく、今回に限ってはやめないと思う。主が必要だと思うことだから……」

「そう……私惨めね。あの人のこと何も知らなかったのに、才能だけで楽して生きてきたと思っていたのに……。あーあもう、何も言い訳できないじゃない……」

「ん。主だから仕方ない。たとえ主が流れ人じゃなくっても、主は変わらないと思う。一緒にいると、前にもっと進める。主といると楽しいし、温かい。だからシロは、主についていく。ずっと、主についていけるように、シロはもっと頑張れる」

「そう……羨ましいわね」

「ん。それならシロと一緒に、頑張ろ？」

「……私にも出来るかしら？」

「ミゼラなら出来る。シロも、主も皆もお手伝いする」

「……うん」

今こみ上げてくるものは、シロの優しさのせいなのか、私が私を一番諦めていたことを認めた悲しさなのかはわからない。

でも、心に宿った小さな灯火《ともしび》は温かく、とても悪いようなものとは思えなかった。

このあと私は流れる涙を止められず、シロに支えられながら部屋に帰り、冷めてしまった夜ご飯を美味しくいただくのであった。


「主。ミゼラが逃げたから追ってくる」

シロに声をかけられて反射的にビクッと動くと、体がきしむように痛くて一気に目が覚めた。

だがこの痛みは筋肉痛なので辛うじて俺はまだ若いのだと安心することができる。

「ああ、わかった。頼むな」

うごご……体を動かすと筋肉痛とは別に昨日の夜中の鍛錬で受けた痛みが蘇《よみがえ》るようだ。

回復ポーションも万能ではないんだな……というか、昨日は普段よりも苛烈だったな……なんというか、鍛錬レベルが一つ上がったような感じだった。

アヤメさんは本当……手加減なんてしてくれず、嬉しそうに俺をボコるからな……。

ありがたいのだが、このままではあの冷たい視線といい何か目覚めそうだ。

「ん。主。今日はお小遣い欲しい」

「いいけど……どれくらい欲しいんだ？」

「金貨五枚くらい？」

「金貨五枚？　何を買いたいんだ……？」

「秘密〜」

金貨五枚って言ったら大体50万円分くらいだぞ？

いや、普段のシロの働きを考えれば決して高くはないし、シロがお小遣いを自分から欲しいと言うことも珍しいので全く構わないので手渡すが……。

「まあいいか。買い食いしすぎるなよ」

「今日はしないの。主は？」

「俺は少し出掛けてくるよ。昼飯は……多分いらないかな」

「ん。遅くなるの？」

「もしかしたらな」

「んー……駄目。お昼は一緒に食べる」

「へ？　まあいいけど……」

「ん！　じゃあ、行ってくる！」

シロが上機嫌でミゼラを探しに行くのだが、なんだったのだろう。

それにしても、お小遣いは買い食いに使うとばかり思っていたのだが、違うとは意外である。

なんかでっかくて高いのが今日限定で売っているとかだと思ったんだがな……。

まあ、たまのお願いなのだしシロの好きに使えばいいか。

むしろもっとおねだりしてくれてもいいくらいだしな。

さて、俺は俺で出かけないと……目指すはアインズヘイルの教会だ。

苦しい時、切羽詰まった時のなんとやら。

元の世界では期待などしておらず、ただただもう運任せの時にしか使わないようなことだが、この世界には神がいる確信がある。

だからこその神頼み！　助けて女神様！

とはいえ、現世にいるわけではないのでそんな女神様を信奉してやまない教会へと足を運び、懺《ざん》悔室《げしつ》があったので懺悔させてもらうことにしたのだが……。

「なるほど……言いすぎてしまったと」

「はい……。どうすればいいでしょうか副隊長」

「……こほん。私は一介のシスターです。懺悔室なのですから個人の特定はやめてください」

「なんでアインズヘイルにいるんですか副隊長」

「……私は副隊長ではありませんが、今度お祭りがあるので私とテレサ隊長は招待されたのです」

ほう。ということはテレサもいるのか。

懺悔室に入ったらなんか聞いたことがある声だったので驚いたのだが、そういえばお祭りもあったな……。

あ、オリゴールに屋台を出してくれって頼まれたの忘れてた。

何を作るかもまだ考えてないや。

「……そういえばあなた。奴隷が五人もいるのでしたね」

「え？　ええまあ……」

アイリスとのパーティで顔は合わせていたはずだが、何故《なぜ》もう一度確認するように聞いたのだろう。

「そうですか……その。五人もいて大丈夫なのですか……？　その……夜の方は」

「あー……一人はまだ未成人なので手を出していないですから、実質四人ですが……」

「四人……ですか。で？　大丈夫なんですか？　精根尽き果てないのですか？」

「あの……それが解決に関係あるんですか？」

副隊長の個人的な質問になってないか？

というか、懺悔室だよなここ……。

なんで夜の事情を懺悔しなきゃならんのだろうか……。

「ありますとも！　どうせその悩みの種である子も増えるんですよね!?　増えたら結局五人！　じゃあ、大事じゃないですか！」

「いや、そんなつもりは……」

「つもりがなくてもどうせなるんですよ。貴方からはそういう気配がしますからね！　いいじゃないですかぶっちゃけましょうよ！　ここは懺悔室です！　さあ、懺悔なさい！」

「……わかってるんでやがりますね。じゃあ、神聖な懺悔室で一体何をやっているでやがりますか」

あれ？　この声は……。

「げえ！　隊長！」

ああ、やっぱりテレサだよな。

「教会の品位を下げるんじゃねえでやがりますよ！」

「ぎゃあああ!!」

壁の向こうではきっと副隊長がひどい目にあっているのだろうな……南無南無。

「久しぶりでやがりますな。で……何か悩んでいるのでやがりますか？　懺悔も済んでいるのなら、女神様にお祈りしてはどうでやがりますか？」

ぷすぷすと力の入らない神官騎士団副隊長を椅子にして女神に祈れと言う神官騎士団の隊長ことテレサ。

さっき品位が……とか言ってた気がするのだが、他に来訪者もいないので気にしないのだろう。

隊長が気にしないのなら俺も気にしないでおこう。

「お祈り？」

「そうでやがります。こうして指を交差させてステンドグラスに……って、これくらい自分でやるでやがりますよ！」

「ひゅー。隊長ひゅー。ナチュラルに男性の指に触れるだなんてやりますね隊長ひゅ、げぼるぐ！」

……何故わかりきった結果を求めに行くのだ副隊長。

絶対に物理的に黙らされるとわかっているのに、どうしてそこまで芸人気質なのだろうか。

「で……こうして祈ればいいと……」

女神様……女神レイディアナ様か……。

この世界に来る際に出会ったきりだが、あの美人の姿は明確に覚えている。

綺麗《きれい》で長く上質な蒼《あお》い髪、大きくボリュームのある胸、くびれた腰に、大き目のお尻、身体のラインがはっきりと見える上にスリットも大きく開いたちょっとエッチな恰好《かっこう》の知的な女神様……。

今思い返しても凄い美人だったよな……出来れば、もう一度だけお会いしたい……。

「レイディアナ様…………」

「……はい？」

「え……」

「「えええええええ！！！」」

真っ白な世界！　目の前には炬燵《こたつ》で休む女神様！

あ、あれ？　俺さっきまで教会にいたよな!?　っていうか、女神様？　レイディアナ様？　あれ？　なんでどうして？

しかもどてらとか、なんで日本の冬仕様なのだろうか！

ギャップが凄いのだけれど、美人だと何でも許される不思議！

しかもアイス食べてる。

炬燵でアイスを食べる贅沢《ぜいたく》派だ！

そして願わくば俺はその銀の匙《さじ》になりたい！

「え？　え？　どうしてここに貴方様が……」

女神様も事態を飲み込めていないようだ。

そして自分の恰好を顧みてすぐさまどてらを脱ぎさった。

「ん……んん。……なるほど。どうやら教会で祈ったことによりたまたまこの世界に来てしまったようですね」

流石知的な女神様、あっという間に状況を理解したようだ。

なんだろう。冷静になるまでの過程を見ているのにやはり美しい。

「それで、私に何かお話があるのでしょう？」

「え？」

「……え？　ないのですか？　では何のために……」

「あーいや、そうですね……えっと……ハーフエルフのスキルについて何か教えてもらえませんか？」

「ハーフエルフですか？　はあ。構いませんが……どうしてですか？」

ここで俺は現世界でどうなっているのか、ハーフエルフがどういう扱いを受けているのかを説明した。

そして、ミゼラのスキルは本当に成長しないのか、才能が絶対にないのかと。

「……はあ。結論から言いますが、そんなことはありえません。ただ単に、人族に比べて寿命が長い分成長もゆっくりとなっているだけです。才能に関しては得手不得手は誰にでもあるもの。人族らと大して変わりがある訳ではございません」

ちなみにですが、とレイディアナ様が続ける。

「貴方様に渡したスキルも、『お小遣い』以外は通常スキルです。才能も関係がありますし、上限もあります。貴方は錬金や空間魔法の才能はあるようですが、料理の才能はなくレベル1のままでしょう?」

確かに、これでも俺は頻繁に料理を作っているが一向に上がらないもんな……。

「なるほど……。でも、レベル1ですが俺の料理結構美味しいですよ……?」

「そうですね。スキルの中にはスキルを取得していなくとも行える、日常を補助するステータス向上形のスキルもあるんですよ。料理や農業などがそうですね。作業の効率化という意味ではレベルを上げた方が良いですが、低レベルでも作業には問題の無い物もあるのです」

「なるほど。じゃあ、料理スキルは上がらなくても大して困らないんですね」

「ええ。勿論、ステータスが足りない方には必要な物ではありますが……それにしても、王国は未《いま》だに変わらないのですね。本当に……呆れてしまいます。私が神罰の一つでも落とせれば良いのですが……申し訳ないことに私はそこまで力の強い神ではないのです。私の上位の神が動ければ、すぐにでも落とせるのですが……生憎《あいにく》と暫《しばら》くは……」

「そうですか……。でも、良いお話をお聞きできました。これをミゼラに教えれば……！」

大丈夫だって、心配するなって言ってやれる！

なんと言ったって女神様のお墨付きなのだから、間違いなく自信を持てる。

「ふふ。嬉しそうですね。それで、他に聞きたいことはありますか？」

「そうですね……そういえば俺って洗礼？　を受けたら聖魔法を使えるようになりますかね？」

「聖魔法ですか？　うーん……申し訳ないのですが、聖魔法への適性がないので難しいかと思います」

そっか……結局、魔法適性は全滅かな。

空間魔法が使える才能があっただけましと考えるべきか。

「そうですか……。あ、それと……醤油《しょうゆ》と味噌《みそ》、ありがとうございました」

「いえいえ、その……正直に申しまして、街への転送を間違えてしまい……申し訳ございませんでした」

「お気になさらず。素敵な出会いが出来ましたので、今ではとても感謝していますよ。ありがとうございます……」

アレが無ければ隼人とは出会わなかったかもしれないしな……。

「そう言っていただけると助かります……。他の女神達に散々いびられたので……」

そういえば女神様って他にもいるんだよな？

確か、目の前にいる女神様は豊穣《ほうじょう》と慈愛の女神レイディアナ様。

それで、戦闘神で貧乳のアトロス様もいるんだったか。

レイディアナ様は見るからに争いごととは縁遠そうだもんな……戦闘神にいびられるなんて、可哀想《かわいそう》に……。

「自分は本当に気にしていませんから」

「良かったです……。嗚呼《ああ》、残念ですがそろそろお時間のようですね……。本当に残念です。もっとお話ししたかったのに」

「そうですね……自分も、もっとお話ししたかったです」

例えばスタンプのあの絵、手書きですか？　とか。

もっとご趣味や好きな食べ物など、プライベートな部分をお聞きしたかったです。

携帯の連絡先……はないから、あ、ギルドカード……は持ってるわけないか……あー……本当に残念だ。

「……また、会えますかね？」

「難しいでしょうね……今回は本当にたまたま、それにあまりこの世界に長くいるのはお勧めできませんので……」

「そうですか……」

神の世界ってことなんだろうね。

俺とは文字通り、住む世界が違うって奴かな。

お、体が白い光に包まれていく。

最後にしっかりと瞳に焼き付けよう。

と、思ったらどこか表情が暗い。

「その、最後に……この世界は楽しいですか？」

少し聞きづらそうにしているレイディアナ様に、俺は満面の笑みで答えた。

「楽しいですよ。最高に、楽しいです」

「……ふふ、そうですか。それではあなた様の行いに応じてちょっとしたサービスをしましょう。あなた様の今後の人生に、より良い結果をもたらしますように……」

俺が消える瞬間、最後に映ったのはレイディアナ様の笑み。

やっぱり、笑った姿が一番可愛くて綺麗だなこの女神様は。

間違いなく、俺はこれからレイディアナ様を信奉することだろう。

【称号　創造術師　を手に入れました】

「……じさん！　主さん！　大丈夫でやがりますか!?」

「ちょ、もしもし？　これって私のせいですかね!?　私がお祈りの際にふざけたからですか!?　ひいいい！　このまま死んじゃったら、シロちゃん達に……！」

「お祈りのせいなわけがないでやがりましょう！　教会でお祈りして死者が出たなんて洒落《しやれ》にならないでやがりますよ！」

ぐいぐいと揺さぶられる体、徐々に晴れていく視界。

どうやら仰《あお》向《む》けに倒れていたらしい。

右側には必死なテレサが、左側には心配そうにおろおろとする副隊長が寄り添っており肩を掴《つか》まれて揺さぶられていたみたいだ。

「あー……おはよう？」

「主さん！　目を覚ましたでやがりますか!?」

「よよよ、よかったぁぁ……。大丈夫ですか!?　気分悪くないですか!?　お詫《わ》びとして胸触りますか!?」

「触る」

おっと、考える前に即答してしまった。

だが、触るかと問われれば当然触るさ。男だもの。

「はあ……大丈夫みたいでやがりますね。全く……神託のように光りだしたと思ったら気絶しやがるんですから、驚いたでやがりますよ……」

「本当ですよ……話しかけても反応ないし、本当に心配したんですからね！　あ、胸はいつでもどうぞ！　これでシロちゃん達には黙っていてくださいね！」

「馬鹿なことをやってるじゃないでやがりますよ。それで、もしかして聖魔法を覚えたでやがりますか？」

「いや、どうやら適性がないらしいぞ」

「そうでやがり……え？　なんでわかるんでやがりますか？」

「ちょっと女神様と話してたんだ」

「「はあ!?」」

まあ、信じられないよな。

でも貴重なことをお聞きできたし、俄然《がぜん》やる気になってきた。

「悪い！　俺家帰るわ！」

「え、ちょ、ちょっと!?」

「今の発言はいったいなんなんでやがりますか!?」

困惑している二人には悪いけど早く帰ってミゼラに知らせてやらないとな。

さて……ミゼラはこの嘘のような本当の話を信じてくれるだろうか？

玄関を開け放ち、ミゼラを探す……のだが、そういえば今日も逃げていたんだっけか。

あー……じゃあ、まだ帰って来てないか。

一刻も早く伝えたかったんだがな……仕方ないか。

「ん？　主？　どうしたの慌てて」

「あれシロ？　もう帰ってきてたのか？」

最近はミゼラを追いかけていくと帰りは遅くなっていたからまだだと思っていたのだが、もう終わって帰ってきていたらしい。

しかも珍しいことにキッチンから出てきたのだが、何かつまみ食いでもしていたのかな？

「んー……。主、遅くなるんじゃなかったの？」

「思ったより早く終わったから帰って来たんだが……まずかったか？」

「んー……これは予想外」

「えっと……」

やはり何かまずかったのだろうか……？

お昼は一緒に取ろうと言われていたし、早い分には問題なかったと思うのだが……。

「シロ？　どうしたの……って、旦那様!?」

「ミゼラ？　どうしたんだエプロンなんかつけて……ん？　なんかいい匂いが……」

「あ、あの……これはその……お昼ご飯をね……作ってみたの。シロやウェンディ様に手伝ってもらって……ちょっと失敗しちゃったのだけれど、その……作りました」

「え!?　ミゼラがか!?」

あれ？　でも今日は逃げてたんじゃ……ああ！

もしかして……。

「ん？　んふふ」

確認するようにシロを見ると、俺の思いついた考えを肯定するように悪戯《いたずら》成功といった笑顔を見せた。

なるほどな……金貨五枚は食材費ってことか。

外で落ち合って買い物をして、すぐに帰ってきてお昼ご飯の準備をしたのだろう。

「その…………この間はごめんなさい。私、貴方のことなにもわかっていなかった。全部貴方の言う通り、私が一番ハーフエルフであることに甘えていたんだと思うわ。だから……ごめんなさい」

「いや、俺も言い過ぎたよ。ミゼラの気持ちをもっと考えるべきだった。悪かった。ごめんな」

「謝らないで……。今は嬉しかったから……。本気で私のことを考えてくれてたってわかるから……。私ね……諦めたくないって思ったの。出来るかどうかまだ不安だけど、頑張ってみたい」

凄いなミゼラ。

自分の意思で、諦めずに頑張ってみたいって言ってくれたことが、俺はとても嬉しいよ。

今だって不安そうな顔は拭えていないけど、それでも頑張りたいって思うことは凄いんだよ。

「……出来るよ。ハーフエルフは劣ってなんかいない。寿命が長いから、その分成長もゆっくりなだけなんだ。これ、女神様のお墨付きだぜ？　直接聞いてきたから間違いない」

「は、え？　女神様に直接……？」

「ああ。嘘だと思うかもしれないが、本当の話なんだぜ？」

女神様に聞いてきたなんて、こんな眉唾ものの話を信じてくれるだろうか？

普通ならまあ信じるわけ無いだろうけど、それでも俺は自信を持って笑顔でミゼラに伝える。

なぜならこれは、紛れもない事実なのだから。

「信じるわよ……。貴方の言うことだもの……でも、本当に……」

「うん。それでさ……これなら、一緒にいられるだろう？」

劣ってなどいなかったのだから、ミゼラだってやれることはあるのだから、役に立てないだなんて決まってなどいないのだから。

もうこれで、ミゼラが断る理由はないよな？

「……私、貴方の役に立てるの？　これから……一緒にいてもいいの……？」

「勿論。ここでミゼラのやりたいことを見つけよう。俺達も協力する。ミゼラがやりたい、これからを探そうぜ」

「うん……。うん……。ありがとう……。本当に、ありがとう……」

止めどなく流れる涙を止めようと何度も目をこするミゼラをそっと抱き寄せる。

すると、ミゼラは俺の腰に手を回してぎゅうっと顔を押し付けてきた。

「ううう、うぐうううう……」

堰《せき》をきったように溢《あふ》れる涙を胸元に感じつつ、その暖かみごと俺は抱きしめ、頭を優しくぽんぽんと撫でてあげた。

「よしよし。一緒に頑張ろうな。ここからがミゼラのスタートだ」

「ぅう……。ぇぐ、うあああああ……」

普段クールっぽい子が、声を上げて泣く姿は心打たれるね。

俺は抱きしめる力を強くしてもっと思い切り泣けるように、声が漏れ出てしまわぬようにとより強く俺の胸へと押し付けるのだった。


暫くして、ミゼラが泣き止むとそっと俺から離れてしまう。

目は真っ赤。鼻水の跡が少してらりと見えてしまっていた。

「ご、ごめんなさい。取り乱したりして……ああ、服もごめんなさい……」

わたわたとして慌てふためいてはいるが、拭く物も持っておらずどうしていいかわからないようで焦っているのがなんだか可愛くて笑ってしまう。

「はっはっは」

「笑わないでよ……ああ、もうどうしましょう」

「気にしなくていいよ。それに、女の涙を隠すのは男の名誉だからな」

キリッ！……なんちゃって。

「……馬鹿ね。そうやってふざけなければ、もっと格好いいのに……」

「これくらいがちょうどいいだろ？　あんまり格好良くなりすぎると、もてすぎて困っちゃうからな」

「馬鹿。調子に乗りすぎよ」

「ははは。すっかり元気だな」

俺の笑い声に反応して、くすりと笑うミゼラ。

やはり、泣き顔よりも笑顔だな。

もともと美人のミゼラが笑うと、より一層美人が際立つというものだ。

「もしもーし……そのー……ご飯、冷めちゃいますよ？」

「え、あ！　ウェンディ様ごめんなさい！　炊事場を離れてしまって！」

「いいんですよミゼラ。んふふふ。今日もお祝いですね。お昼ご飯を食べ終わったら、また買い出しに行かないといけませんね」

「そうだな。前回以上の料理が必要だな」

「ん！　ブラックヘビィモーム！」

「当然。いや、今回はキングブラックヘビィモームだ！」

「キング！」

「一頭買いするぞ！」

「一頭買い……お肉が溢れて困っちゃう！」

体を抱きしめて身悶《みもだ》えして喜ぶシロ。

ああもう頭の中は肉料理パラダイスになっていることだろうさ。

「駄目ですよ……。食べきれないでしょう？」

「まああお祝いだしいいじゃないか！」

「いいじゃないかー！」

「二人共調子に乗ってはいけません。お祝いとはいえちゃんと考えて使わないと……！」

「ちぇー……なあミゼラ。ミゼラは何が食べたい？　なんでもいいぞ？」

「え？　わ、わたし？　私は別になんだって美味しくいただけるし……」

ここはミゼラも味方につけてウェンディを説得しようと、シロにアイコンタクトだ！

「ん。やっぱりお肉。この前食べたお肉よりもさらに美味しいグレードアップお肉が良いと思う」

「そうそう。好きな物でいいんだぞー？」

「もう二人共……ミゼラが困っていますよ。……でも、ミゼラが食べたい物は何でも入れましょう。

ミゼラのお祝いですからね」

「私は……その……この前作ってもらっていた、旦那様のスープがいい……です……」

スープ？　スープなんて……ああ。

「おかゆのことか？　あんなのでいいのか？」

「あんなのじゃないわ。私にとっては、生まれて初めて食べた美味しくて温かい料理だもの……」

「……そっか。よし。任せとけ！　お腹《なか》いっぱいになるくらい沢山作るからな！」

味噌もお米も大盤振る舞いだ！

シロ達も食べてみたいだろうし、特別気合を入れて美味しく作ろうじゃないか。

「それじゃあ、まずはミゼラが作った昼飯からだな！」

「あ……そっか。その……食べるの？」

「ああ勿論！」

「そ、そう。そんなに期待しないでね？　ウェンディ様に手伝ってもらってはいるけど、私が作った物だからね？」

「何言ってるんだよ。ミゼラが作ったんなら黒焦げだって食べるっての！」

それに焦げ臭い香りは漂ってきておらず、なんとも胃を刺激する美味しそうな匂いばかりである。

ほら聞くと良い、俺の腹で騒ぎだしたお腹の欲の音を！

「流石に黒焦げではないけど……。うん。頑張ったから、食べてくれると嬉しいのだけれど……あ、ちょっと！」

「ほらほら皆早く行くぞ！　冷める前に美味しくいただいて、その後はすぐに買い物だ！」

「ちょっと、押さないでよ！　そんなに急がなくても……ウェ、ウェンディ様ぁ!?」

「うふふ。言ったでしょう？　ミゼラも慣れないといけないと」

「ん。主らしい」

そんなこと言って……二人だって楽しみにしているくせに……まあいいか。

ミゼラが作ったお昼ご飯は本当に美味しくて、ウェンディもシロも俺もお代わりをしていたら帰ってきたアイナ達の分が無くなってしまい、ミゼラにもう一度頑張ってもらうことになったのだった。

第七章　弟子が出来ました

「そういえば……旦那様に一つお願いがあるのだけど……」

「ん？　なんだ？」

ミゼラが正式にうちにいることが決まり、全員で歓迎会を開いた次の日のこと。

ヤーシスの商館へと赴いて契約を完了させ、正式に俺が面倒を見ることになった帰り道のことだ。

「私ね。まず一番に挑戦してみたいことがあるの」

「お、いいねいいね。意欲的だね。それで、何に挑戦したいんだ？」

色々挑戦してみて、ミゼラのやりたいことを探せばいい。

何にだって意欲的になることが第一であり、それが嬉《うれ》しくて聞き返すとなんと……。

「旦那様。私に、錬金スキルを教えてください」

俺の得意分野であったのだから、嬉しくて二つ返事でオーケーしたもんだ。

その足でレインリヒの許《もと》に行き、弟子を取ることを告げると、

『はっ。ひよこがでかくなったもんだね。もう弟子を取るのかい。まあ、好きにするがいいさ』

と、歓迎してもらえたのだ。

うん。これはレインリヒ流の歓迎である。

あのツンデレ婆《ばあ》さんの中では大変優しいお言葉であった。

『才能は……まあ、ポーションを作るには困らないだろうさ。それ以上は私にはわからないがね』

と、『超常』から、ミゼラへのありがたい後押しまでしてくれたので間違いない。

『わあ！　ハーフエルフですね。ということはかなり長い間働いてもらえますね！　ようこそ錬金術師ギルドへ！』

と、リートさんはハーフエルフについては知っているようだったんだが……俺は必死に調べたうえで女神様に教えてもらったのに、あの人はなんで知っていたのだろうな……。

あれ？　リートさんって人族だよな……？

実は見た目にはわからないが長命な一族だとか……ないか。

ついでに、女神様に貰《もら》った称号である『創造術師』について聞いてみたのだが、良くわからなかった。

曰《いわ》く、特に効果を確認された事例はないらしい。

隼人《ハヤト》の『英雄』も称号らしく、レインリヒの『超常』も称号だそうだが、効果を調べることも変化も特にないと言っていた。

所謂《いわゆる》、神様からの評価のようなもので、『お掃除上手』なんて称号もあるとかないとか……。

残念ではあるが、もしかしたら効果があるのかもしれないという淡い期待を持って、過ごすことにした。

で、今はミゼラに錬金を教えることになった訳だが……。

「あ……駄目。強すぎるわ……」

「そんなことないよ。これくらいがちょうどいいんだよ。ほら、もう音が違うだろう?」

硬い棒で内壁に押し付けるようにして擦《こす》ると、たっぷりと液体が垂れて内壁を伝う。

「ちょっと、乱暴すぎよ……」

「いいから、俺に身をゆだねて信用しろって……」

「わ、わかったわ……その……まだ慣れていないから……ちゃんと、優しくしてね……」

「わかってる……。俺は慣れてるからな。ちゃんとその体に教え込むよ……」

優しくする……とは言ったものの、俺はミゼラに触れながら男らしく力をこめて擦りつけ続ける。

「あ……嘘《うそ》つき……優しくって言ったのに」

「悪かった。でもほら……もうぴちゃぴちゃと音がしだしたろう?」

棒を引き抜いてみせると、棒の先からは液体がしたたり落ちて元の水源へと音をたてる。

「はぁ……凄《すご》い……これが、錬金なのね……」

「ああ。錬金の基礎である『調薬』の初歩だな」

俺はミゼラから手を放し、磨《す》り潰した薬体草に水をかけ、魔力を注ぎながらまた乳棒を差し入れて再度成分を絞り出す。

すると、緑色だった液体が徐々に薄い水色へと変化していく。

「凄い……これで完成なの？」

「ああ。ポイントはしっかりと薬体草を磨り潰してエキスを染み出させること。それと、魔力を注ぐ量かな。次はミゼラ一人でやってみようか」

「わかった。やってみるわ」

流石《さすが》に手馴《てな》れているので俺の場合はあっという間に絞りだせるのだが、初心者であるミゼラはどうだろうな。

さて、ミゼラが作業をしている間は横で俺は別作業だ。

多分だが初めは失敗するだろう。

それもそのはず、スキルを持っていれば手作業中でも勝手に魔力を注いでポーションにはなるのだが、ミゼラにはまだスキルは無いのだ。

それに、ミゼラはまだ自分の魔力のコントロールが甘い上に、魔力自体が少なく弱い。

となれば……。

「ふんふんふふーん」

「鼻歌なんか歌って楽しそうね……」

「ミゼラも錬金を覚えたら、アクセサリー作りの楽しさがわかるぞ。これもいずれ教えるからな」

横目でミゼラの様子を見つつアクセサリーを作り始める。

事前にミゼラの指のサイズは聞いていたので、それにあわせてまずはリングを作る。

そして完成。ベースなので十秒しかかかっていない。

「ふんふーん。あ、もっと内壁に擦り付けるようにしないと染み出てこないぞ。それと、少しだけ水を加えるとやりやすいし色がでるからわかりやすい。ただし、基準がわからなくなるから少しだけな」

「はい。作業しながら指導なんて……器用な真似《まね》するわねえ」

「まあ、ちゃんと見てはいるからさ。最初は失敗するだろうけど、何度も数をこなさないとだからな」

「はい。頑張ります」

うんうん。正直で真面目な良い弟子だ。

俺だったら文句ばかりたれているだろうね。

よし、台座取り付け完了。

次は宝石だな……んんーなんとなくエメラルドがいいかな。

どうせだし、あの一般的なエメラルドといえばのカットに挑戦してみるか。

「これくらいでどうかしら?」

「まだだな。薬体草に水気を吸われてるから、もっと絞りだして。潰して持ち上げてぴちゃぴちゃ音がするくらいじゃないと駄目。今はぽとぽとだし」

「はい。わかりました」

さーて。エメラルドカットか……。

確か上面は平面でありつつ、角を落として、もう一度落として……。

「これでどうですか？」

「んんーよし。それじゃ、水をここまで注いで、もう一度磨り潰して馴染《なじ》ませて、あとは魔力を流してみてくれ」

「はい」

流石にコレは見ていないとまずい。

水の量は問題なし。あ、だけど魔力量が足りてない。

これは失敗するだろうな……ああ、うん。しょうがない。

「……これは、駄目よね……」

「ああ。失敗だな」

「そうよね……」

色の変わっていない濃い緑色の液体を残念そうに見つめるミゼラ。

鑑定を使っても『薬体草汁』としか出てこないので、間違いなく失敗だ。

ちなみにこの薬体草汁は青臭くて苦い味がするだけだ。

ポーションの味はこれより幾分かまろやかではあるのだが、どちらにしても少し苦いんだよな。

「まあ一発目は当然だろう。今のは魔力量が足りなかったな。次はもう少し注ぎ込む魔力を増やしてみてくれ」

「はい。でも、基本なのに難しいわね……」

「まあ基本だからこそしっかりな。大丈夫。失敗は成功の元だ。これはこれであとで使うし、どんどんやっていこうぜ」

「はい。頑張ります」

ミゼラの失敗作をビーカーに移しておく。

これからこのビーカーに沢山の失敗作が入ることになるだろうけど、これはこれで慣れてきた頃に使えるので取っておかねばならない。

この後、何度もミゼラは失敗を繰り返した。

そりゃあもうエキスの絞りが甘かったり、水の量を間違えたり、魔力を注ぎすぎて倒れそうになったり、少なすぎて出来なかったりとそりゃあ何度も繰り返し失敗した。

ビーカーの数も十は超えただろうか。

ミゼラが額の汗を拭いつつ、俺が用意した魔力ポーションを飲んでまた作業をしようとしたので一度止める。

「ふう……なに?」

せっかくのやる気に水を差して悪いのだが、

「次をやる前に……はいこれ。完成したから付けてみてくれ」

『翠玉《すいぎょく》の銀指輪　魔力大上昇　器用度中上昇　自動魔力貯蔵』


能力は三つ。

錬金に必要な魔力と器用度を上げつつ、空気中に含まれる微量の魔力を自動で翠玉《エメラルド》に吸収させる効果を持っている。

吸収する魔力の量は大した量では無いが、それでも満タンまで貯《た》まれば魔力ポーション（中）一本分くらいにはなると思う。

「……旦那様？　片手間でまたとんでもないものを作ったのね……」

「んんー？　まあ、出来ちゃったしな。使わないと勿体無《もったいな》いし」

俺はリングを取り出して、そっとミゼラの中指につけようとしたのだが、少しきつそうだ。

「あれ……？　サイズ間違えたかな……？」

「なら、こっちの指にすればいいんじゃない？」

「そうだな。そうするか」

中指を諦め、薬指にすっと入れると丁度良いサイズだった。

うーん。台座をつけた際にサイズミスが起きたかな……。次からは気をつけて作ろう。

まあ、どの指につけても効果は変わらないしな。

……左手の薬指なことに深い意味は無いから大丈夫だ。

「……ありがとう」

ミゼラは嵌《は》められた指輪をうっとりとした瞳の前で手を回し何度も見つめていた。

「ちなみに魔力は補塡《ほてん》してあるからな。足りなそうならそこから魔力を引っ張れば、どうにかなると思うぞ。俺は何も言わないから、一人でやってみな」

「わかりました。頑張ります」

翠玉自体に保存できる魔力量は多くは無いが、それでもミゼラの持つ魔力よりも大きいのでこれで魔力量の心配はなし。

あとはどの工程も丁寧に手を抜かず……って、その心配は無いな。

ミゼラは俺の教えたことをしっかりと一歩一歩忠実に守って丁寧に行っている。

ずるや手抜きをしようとせず、真剣な眼差《まなざ》しで乳鉢を見つめて変化一つも見逃すものかと集中しているようだ。

「水……で、もう少し搾り出す……」

小さな声で何度も復唱し、細かい作業をこなしていくミゼラ。

俺の見たところそろそろ……と、思ったらミゼラが乳棒を置く。

「それで、魔力を注ぐ量は……これくらいかしら……?」

ミゼラの手に魔力が集まる。

量は……うん。指輪からも供給されているみたいだし、問題ないな。

乳鉢に入った濃い緑色の液体が光り、そして薄い水色へと変わる。

「はあ……はあ……できた……？」

「ああ。ほれ、早く試験管に入れて蓋をしないと劣化するぞ」

「あ、はい！　えっと、試験管試験管……。あれ？　どこぉ!?」

突然完成したもんだから、いままで使っていなかった試験管を探すミゼラに俺がさっと手渡すと試験管立てに入れ、ゆっくりと乳鉢から試験管へ注いでいく。

そしてコルクで蓋をすれば……。

『回復ポーション（劣）』

が、完成した。

「……ふぅ」

一息ついた後、こちらを嬉しそうに振り返るミゼラ。

そんなミゼラの頭をぐりぐりと撫《な》でてやる。

「おめでとさん。無事に完成だな」

「……出来たのよね？　これ、私が作ったのよね？」

「うん。ちゃんとミゼラが作ったものだよ」

「はぁぁぁ……良かったぁ……」

小さく拳を握って胸の前で何度もやったやったと振り、喜ぶミゼラ。

わかる。わかるぞう。

最初に出来た時って嬉しいよな！

俺もポーションを初めて作った時はもの凄く嬉しかったからよくわかるぞ！

……まあ、俺のポーションは使うこと無く壊れてしまったけど……。

「よしよし。それじゃ、スキルを覚えるまで続けるぞ。今の感覚を忘れないようにな」

「はい！」

年相応の女の子らしく可愛《かわい》らしい笑顔を見せるミゼラ。

このあとすぐは失敗してしまったが、ミゼラのやる気は衰えること無く何度もポーションを作り続けた。

成功品も品質は（劣）から上がりはしなかったが、そりゃあもう楽しそうにポーションを作り続けるミゼラを、俺は穏やかに眺めていた。

「ふう……流石にこれ以上魔力ポーションを飲んだら中毒になりそうね……」

「だな。まだまだこれからやっていけばいいし、一先《ひとま》ずこれで終わりにすればいいんじゃないか？」

「うん。そうするわね……。でも、残念ね……せっかく楽しくなってきたのに」

やる気がありすぎるといったように、名残惜しそうに乳鉢を見つめるミゼラ。

そして、その日最後の一個を作り終えた時だった。

「あ……」

ミゼラが声を漏らした。

俺は一瞬終わってしまったことで、残念だなあという気持ちがこぼれたのかと思ったのだが……。

「え、あれ？　嘘……え？」

「どうした？」

「その……スキル……手に入ったみたい」

「え？」

なんですと!?

「錬金のスキルをね。獲得しましたって……」

「まじでか!!　うおおおすげえええええ！」

「え、え？　現実よね!?　これ、夢じゃないわよね!?」

「夢じゃないよ！　やったなミゼラ！」

「あ……うん……え、ちょ」

未《いま》だ呆《ほう》けているミゼラに抱きつき。

これでもかと頭を撫でる。

「やあ、もう、ちょっと、喜びすぎよ……。私より喜んでどうするの？」

「だってめでたいことだぜ？　そりゃあ喜ぶってもんさ！」

正直、何時《いつ》までかかるかと覚悟はしていたのだ。

スキルを覚えなければ教えられないことも多い。

だからといって悲観していたわけではないが、それでもこんなに早いとは思わなかったのだ。

「うりうりうり……。この有能な弟子め」

「もう……。師匠がいいからよ」

師匠を立てる良い弟子だ。

これは間違いなく大成するぞ。

「んんー！　これはまたお祝いだな！」

「この前もしてもらったばかりよ？　いいわよ。これくらいのことでしなくても」

「何言ってるんだよ。遠慮するなよー。めでたいことだから、皆もおめでとうって祝ってくれるさ！」

「もう……あっ……」

っと……やばい、顔が近づきすぎてしまった。

ミゼラが前向きになってくれたとはいえ、まだ人族の男が怖い感情は残っているだろうと、慌てて離れようとしたのだが……。

「待って！……大丈夫だから。旦那様は……大丈夫だから」

「ミゼラ……」

「でも……どうしてかしら……。一生の誓い《オンリーワン》が、発動しないの……。どうすれば発動するのかわからないの……」

「……いいよ。ゆっくりやっていこう」

「違うの！　私旦那様なら、旦那様にだったら……」

そんな不安そうな顔しなくても大丈夫だって。

頭に手を添え、優しくぽんぽんと子供をあやすようにする。

「気持ちは嬉しいよ。でもさ、今は俺がミゼラを助けているからそう感じているだけかもしれないだろう？　それは一度しか使えない大切なスキルなんだから、それも含めてゆっくりでいいんだよ」

一生の誓い《オンリーワン》は将来の伴侶となる相手へと使うためのスキル。

人生でただ一度しか使えず、この人だという相手に使う貴重なスキルを俺にならと……と言われるのは嬉しいが、そんなに焦ることじゃあないさ。

「旦那様……」

「スキルなんてなくっても、こうして元気なミゼラを抱きしめることは出来るんだ。俺はそれだけで、凄く嬉しいよ」

「……ええ。私も嬉しいわ。でも、いつか……」

今度は自ら抱き着いてくるミゼラ。

力強く、離すもんかといった具合でぎゅうっと抱き着き、顔を胸元へと押し付けている。

そんなミゼラが愛《いと》おしくて、俺は優しく抱きしめて頭を撫でた。

「……ご主人様、失礼しま――した」

「っ！　ウェンディ様!?」

「どうぞ。ごゆっくり……。ミゼラ、沢山可愛がっていただきなさいね」

「違っ！　そうじゃないんです！　違うんですよ！　あの、旦那様？　腕、離して……」

俺の腕の中でもがき、戸惑った顔で俺を見上げるミゼラ。

「んんー？　俺としては、もう少しゆっくり抱きしめていたいんだが」

「それは……私も……じゃなくて！　ウェンディ様に勘違いされちゃうから！」

「ふふふ。冗談ですよ。ご主人様、今日はお出かけですよね？」

「ん？　ああ、そうか。あの日か」

「はい。アイナさん達《たち》も準備を終えていますから、皆で行きましょう。勿論《もちろん》、ミゼラにも手伝ってもらいますよ」

「へ？　あ、はい……勿論です」

そっかそっか。あの日だったたか。

準備はウェンディがしてくれているだろうし、それじゃあ出発するか。

お・さ・か・な

押さない、騒がない、駆けない、並ぶ。

まるで避難訓練の標語のような合言葉を忠実に守り、大人しくもそわそわと列に並ぶ孤児院の子供たち。

「はーい！　受け取ったらどんどん流れていくっすよー！」

「皆の分はあるから、焦らず転ばないようにね！」

「パンは一人二つまでだぞ。余っていたら足りない子で分けるから、人の物を盗《と》ってはいけないかな」

「スープには肉団子を入れますから、受け取り忘れの無いようにしてくださいね」

俺達は横に並び、子供達が持つトレイのような板の上に次々と料理を乗せていく。

孤児院への炊き出しなのだが、もともとはアイナ達がやっていたことなのだそうだ。

「はい。スプーンよ」

「ありがとう綺麗《きれい》なお姉ちゃん！」

綺麗な、と言われて少し照れるミゼラ。

「凄い人数ね……。アインズヘイルは豊かな都市だと思ったけれど、こんなにも孤児がいるのね……」

「逆らしいぞ。豊かだからこそ、ここなら子供が安心して成長できるだろうと置いていく親が多いらしい」

奴隷商人に売りつける……と、考えはしたのだが、この世界の奴隷は基本的に労働者として扱われる場合が多いので、子供はそんなに買い取られないのかもしれないな。

そして、ここにはハーフの子もたくさんいる。

アインズヘイルの街ではハーフに対しての差別などはないので、それも見越してここに置いていったのかもしれない。

「そう……でも、ここなら確かに安心できるかもね」

「そうだな……。まあ、その影響でここの孤児院は一際多いらしい。国営ではあるが、運営費はそう多くないらしく、基本的には領民の寄付や善意で成り立っているらしいぞ」

アイナ達も少なくない寄付をしてきているらしいしな。

……本来ならば、俺のポーション事件の時だってAランクの冒険者ならば払えなくはない額だったはずなのに、ちょうど寄付をして手元にはほとんど残っていないらしかったと聞いたしな。

まあ、これだけ人数も多ければ寄付や援助があっても、日々の食費や維持費だけでかつかつだと予想できるが……。

「うめえええ！」

「パンふわふわー！」

子供達は仲良く食事を味わっており、皆嬉しそうに食事を楽しんでいる。

そんな様子を、満足そうに見るアイナ達を見る俺。

「自分達の料理じゃ、こんな顔は見られなかったっすよねー」

「そうね。まあ、ウェンディの手料理は美味《おい》しいもの。比べるだけ無駄よ」

「あらソルテさん？　褒めても何も出ませんよ？」

「いやいや、実際美味《うま》いからな。皆満足しているようで、本当に良かったよ……。しかし、舌が肥えてしまわぬか心配だ……」

「月一回のお楽しみだし、大丈夫だとは思うぞ。また食べたくなったら、自分達で稼ごうと思う気力になるさ」

それに、こういった炊き出しは俺達だけじゃないしな。

肉屋と野菜売りのおばちゃん達などが食材の余った端切れを集めて、全部煮込んだスープを共同で提供することもあるらしいし。

「兄ちゃん……」

「んー？　どうした？　足りなかったか？」

「うん……。でも、もうないよね……？」

一際成長期の男の子が一人こちらにやってくると、その後ろには様子を窺《うかが》っている同い年くらいの男女が数人。

孤児と言っても年齢も体格も種族もばらばらなので、一定量じゃあ全員満足とはいかないのだろう。

だが、作ってきた料理は無い……。

前回よりも人数も増えていたので、おかわりも少なかったしな……んんー……。

「……よし。何か作るか」

「やった！　兄ちゃんの料理だ！」

俺の声を聞いてぱぁっと明るい顔をする男の子と、ぞろぞろとこちらへとやってきた子供たち。

ウェンディの料理と比べて俺の料理が美味しいということはないが、ガツンと来るような男の料理なので、腹ペコさんには好評のようだ。

とはいえ、手持ちの食材を出してもいいのだが、こちらは流石に人数分となるとかなりの出費なんだよな。

さらに言えば、舌が肥えてしまいかねない高級食材を使うのはな……。

うーん……キャレス、卵、豚肉と小麦粉……は、結構な量があるな。

じゃあ……お祭り用の試作品を出すとしますか。

「ちょっと机開けてくれ」

「はい。旦那様これでいい？」

「ああ。で、鉄板魔道具を置いてと……」

魔力を注げば自動で鉄板を温めてくれる魔道具の登場だ。

魔道具……とはいうが、ただ鉄板に魔石を取り付けただけのただのホットプレートである。

脚がついていて卓上で使う仕様になっているだけである。

「ご主人様、お手伝いします」

「ウェンディ様がお手伝いなさるなら、私も……」

「んんーじゃあ、ウェンディとミゼラはキャレスを千切り……いや、みじん切りにしてくれ。細かい条件は無いから頼む」

どちらでも美味しいのだが、みじん切りの方が個人的にふっくらとしていて野菜の甘みや旨《うま》みをより感じられる気がする。

千切りは歯ごたえが良いのだが、今回はシンプルに作るので野菜の旨みは多い方がいい。

出汁《だし》と小麦粉を合わせて卵を溶き、鉄板が温まっているのを確認して油を多めに引いて先に豚のバラ肉を焼いておく。

「ご主人様。切り終わりました」

「ちょっと不揃《ふぞろ》いになっちゃったけど……」

「これだけ細かければ大丈夫だよ。ありがとな」

受け取ったキャレスと小麦粉出汁を混ぜ、焼いている豚バラをヘラを使って一口大に切り、その上に乗せるようにかけていく。

生地とキャベツを別にして焼く方法もあるが、アレはひっくり返すのが難しいのでこっちで良いや。

「んんー……お肉の焼ける良い匂い」

「これだけしかしないの？」

「ああ。あとはひっくり返して焼くだけだ。っと、そうだ。ウェンディ、焼き加減を見ておいてくれ」

大事な物を忘れていた。

生でも食べられる新鮮卵と、油、レモン汁と塩コショウ等を混ぜてマヨネーズを作る。

本来ならばお酢なのだが、俺個人としてはこちらの柑橘《かんきつ》系のスッキリとした清涼感のあるレモン汁のほうが、こってりめのウスターソースの後味に合うのではないかなと思ったのだ。

ちなみに、ウスターソースも自作だが甘辛くかなり美味しく作れたと思う。

ウェンディと場所を代わり、自作の二本のヘラを持って生地の下に差し入れ、くっついているところを剝がす。

すると、子供達が何やら期待した瞳を向けているので、にやりと笑ってひっくり返した。

「「「「おおお！」」」」

ひっくり返しただけでこの歓声である。

そして、テーブルに座っていた子供達までもが歓声を聞いて、何をやっているんだろうと興味を持って近づいてきて、あっという間に人だかりが出来てしまった。

「あとはソースを塗って、マヨネーズをかけて、ちょちょいのちょいと……」

ソースはたっぷりと、マヨネーズは芸術的に！

青のりと鰹節《かつおぶし》が無いのが悔やまれるが、これにて
「お好み焼き完成」

「ああ……この匂い、反則っすよ……。絶対美味い奴《やつ》じゃないっすか……」

「お腹空《なかす》いてきちゃった……」

「ん……美味しそう」

「これは子供達のだから、駄目だぞ？」

というか……これは、一枚じゃ足りないな……。

大きめのを作ったのでヘラを使って四分割するのだが、目の前にはお好み焼きに魅了された子供達が多数……。

「んんー……よし。お・さ・か・なだ。ちゃんと全員分作るから、列にきちんと並べー！」

そう言うとこぞって列を作る子供達。

こうした場合、横入りなどで喧嘩《けんか》になりやすいのだが、この子達は皆仲良しのいい子達だからそういうことは起きないのである。

ましてや全員分作ると言われていれば、前を急ぐ必要もないのだ。

「うわああ……凄い。美味しそう……」

「匂いがもう……よだれが……」

「熱……はふっ……んっく……うめえええ！」

最初にお腹を空かせていた子供達が美味しそうに頬張るのを見る子供達。

そしてすぐに俺の方を見て、早く作ってくれとせがむような視線を向けてきた。

「……これは、我々も手伝わねばならないな……」

「そっすね……混ぜるだけなら出来るっすよ！」

「私も混ぜるだけなら……」

「さっきのと同じでいいのなら食材を切るわ」

「では、私とミゼラが食材を切り刻む。ウェンディは主君と共に焼いていってくれ」

「承りました。どんどん焼いていきます！」

「よーし、それじゃあやるぞー！」

……あれ？　シロは……並んでる……。

ま、まあシロは普段子供扱いしているのだし、こういう時だけ手伝えっていうのもおかしな話だしな。

そしてシロはちゃんと食べ終わってから食材を切り刻む手伝いをしてくれて、全員分焼き上げることが出来た。

そしてお楽しみの俺達の分も焼き上げ、実食タイムである。

「あ、熱……は、はふ……んん。ぷ、はあ。超美味いっす！」

「外側カリカリ、中ふわふわ！　こってりとした黒いソースとさっぱりとして濃厚な白いソースが合うわねえ」

「これは……お野菜も取れますし、野菜嫌いの子も喜んで食べそうです」

「んまんま。これなら野菜も良い」

お、野菜嫌いのシロにも好評のようだ。

よく考えるとお好み焼きが嫌いな子供って少ないよな。

野菜嫌い克服メニューには一番良いのではなかろうか。

「美味しい……。これが、旦那様の世界の料理……確か、お好み焼きって言ったわよね」

「ああ。安いし美味いし、良い料理だろ？　今回は豚バラだけだけど、チーズを入れたりふかしたモイを入れても美味いぞ」

「何を入れてもいいの？　あ、だからお好み焼きなの？」

「あー……多分？　詳しいことはわかんないけど、よっぽど変な物じゃなければ合わないってことはないいかな」

んんー……やっぱりソースとマヨネーズの組み合わせは最高だな。

野菜も甘いしふわっとした食感がたまらない。

次はチーズを入れて、餅や明太子《めんたいこ》も入れたい……ん？

「兄ちゃん……」

「どうした？　まだ足りなかったか？」

またもや先ほどの男の子と数人の男女がやってきた。

「ううん。もうお腹はいっぱいだよ。凄く美味しかった！　ありがとう兄ちゃん！　それで……お願いがあるんだ」

「お願い？」

「うん。俺達、今度のお祭りでこのお好み焼きを出したいって思ってさ。駄目かな……？」

「あー……なるほど」

お好み焼きで出店したいと……。

確かにお好み焼きはこの匂いとボリュームであれば人を惹《ひ》きつけ、人気も出るだろう。

まさしくお祭りにふさわしいメニューな訳で、気持ちはわかる。

俺も実際これを出そうか悩んだくらいだしな……だがまあ。

「ああいいぞ。鉄板も貸してやるし、作り方も教えるよ」

「いいの!?」

「おう。お祭りで美味しいお好み焼きを期待してるぜ？」

「やったぁー！」

うんうん。子供らしくはしゃいじゃって可愛いなあ。

「あの……。本当に良かったの……？　確か貴方《あなた》も今年は出店するのよね……？　もしかして、これを出そうと思ってたんじゃないの？」


と、声をかけてきたのは孤児院の先生こと、マザーと呼ばれる初老の女性。

マザーは優しさを体現したような見た目をした女性であり、滅多なことでは怒らないが、怒った時はそりゃあもうとてつもなく怖い。

子供達もマザーの言うことは絶対によく聞き、アインズヘイルの良心的な凄腕《すごうで》マザーだ。

そういえば、マザーの話だとこの前テレサも訪れて炊き出しをしてくれたそうだ。

「うーんまあ、候補のうちの一つではあったんですけど、俺達の人数で回すには人気が出過ぎるかなって懸念してたんですよね」

今日の皆や子供達の反応を見てもそうだが、元の世界でもお好み焼きはお祭りで場所によっては列を為《な》す人気メニューだからな。

俺は商売というよりは楽しむための出店だし、売れ行きはほどほどでもよいのである。

ほどほどに忙しいくらいでなければ休憩も出来ず、俺達はお祭りを回れないだろうしな。

「まあ、子供達がこれだけいればなんとか出来るでしょうし……その分鉄板は特注で作らないとですけど」

「……ありがとう。あの子達、今年はお祭りを手伝いたいって言ってくれてね。普段は野菜のスープを売っていたのだけれど、今年は人数も多いから少しでも負担を無くそうとして、儲《もう》かるものを考えていたみたいなの……」

「良い子達に育ちましたね。マザーの教育の賜物《たまもの》ってことじゃないですか」

「ふふふ。そう言ってくれるととても嬉しいわ」

流石はアインズヘイルの良心ことマザーだ。

その微笑《ほほえ》みは、若い時は多くの男性を虜《とりこ》にしたに違いない柔らかいものであった。


さて……とは言ったものの、俺は何を出そうかな……。

家に帰ってきてから暫《しばら》く、考えてはいるのだがどうにも決めかねてしまう……。

焼きそば……は、ソースで被《かぶ》るしこっちの麺と言えばパスタ系だし……かき氷は氷の魔法がある
せいかこっちの世界ではもうあるし……。チョコバナナ！……は、チョコが無い。

帝国に行けばあるっぽいけど他国の物を取り寄せたら高い値段を付けなければ赤字だろうし……。

「うーん……」

「旦那様……？」

「ミゼラ。今は無駄っすよ」

「そうね。まあお茶でもしながら待ちましょう」

「主君は一度集中するとなかなか戻ってこないからな」

「ん。こうしても気づかない」

「え？　膝上に乗ってるのに気づかないの……？」

「……いや、今日は気づいてるよ？」

ちょうど集中力を切らした瞬間にシロのお尻が近づいてきたのでさっと避けたしね。

……俺、普段そんなに気づかない？

「そう。それじゃあ聞いているのなら問いたいのだけれど、何をさっきからうんうんと唸《うな》っているの？」

「いやあ、実は何を出店しようか悩んでてな……」

「え!? 今更っすか!?」

うん。今更です。

もうお祭りまでそんなに時間が無いのに今更なのです。

「孤児院の子達にお好み焼きを譲ったから決まっているのだと思っていました……」

「いやあ……はっはっは」

とりあえず笑って誤魔化しておこう。

ウェンディ達に呆《あき》れ顔で見られるが、誤魔化しておこう。

「うーん。やっぱり珍しい物の方がいいよな？」

「そうだな。皆も主君が作る珍しい物をやはり食べてみたいのではないかな？」

「だよな……。オリゴールにもそういう要望を出されてるし……」

そういえばお菓子だったっけ？

んんー……お菓子……甘い物……かき氷は駄目、ベビーカステラ……は、味は良いけど似たようなものがあるしインパクトに欠けるよな……。

クレープって手もあるが、生地を包む紙を大量に用意しないといけないし、かといって皿にフォークとナイフって訳にもいかないよな……。

安価で簡単に出来てそこそこの値段で済んで、更には珍しくて必要な物が少なく甘い物……お祭り……んんー……あ。

「綿菓子……いや、わたあめか」

うん。あれなら目にも珍しいし、材料はザラメと木の棒で済む。

それにあの機械も構造は理解しているから作れなくもないだろうし、魔道具があればわたあめを作るのは皆でも出来るだろう。

「よし。これだな」

「何？　決まったの？　味見ならしてあげるわよ」

「まだ魔道具すら出来てないんだが……」

「……作るのって、料理よね？　魔道具から作るの？」

「そうだけど……珍しいんだから普通の道具じゃ作れないんだよ……」

熱して溶かしたザラメを遠心力の力で吹き飛ばして小さな穴から放出させるだなんて、絶対に普通の調理器具じゃあ作れないもん。

「まあ、道具はすぐ出来るから、あとやることは……アイナ達三人は大量の丸太を用意してくれるか？　それでわたあめに使う木の棒を作るからさ」

「丸太か……。ああ、わかった。適当にウッドエントでも狩りに行こうか」

「ウッドエントっすかー。棒にするんなら、叩《たた》いて砕いても大丈夫っすよね？」

「一応ある程度の長さは必要だから、木っ端微塵《こっぱみじん》にはしてくれるなよ？」

「了解。どれくらい必要なの？」

「んんー……購入者の数だけいるかな？　流石に回収して洗って使いまわすわけにもいかないし……」

「結構な数ね……わかったわ」

「すまんが頼む。で、後はザラメか……。大量購入となると、あいつに頼むしかないな……」

仕事は輸出と輸入が本業って言ってたしな、多分だが発注も請け負ってくれると思うんだが……。

あそこの一家ではまともな方みたいだが、正直頼みごとをするのは少し怖い。

とはいえ、ザラメなんて個人で大量に用意出来るわけもなく、頼まざるを得ないよな……ということで。

「やってきましたダーウィン邸！」

「……おい。なんだその宣言は。ん？　俺はなんでお前がここにいるんだって聞いてるんだよ。ったく……警備も顔見知りだからって勝手に入れてんじゃねえよ」

やめて頭摑《つか》まないでぐりぐりしないで頭取れちゃう……。

あと警備員さんは悪くないから許してあげて。

ううう……最近ここに来ても出会わないと安心していたらまさかいるとは。

いや、まあダーウィンの家なのだからいるのが当然なんだけど、まさか出くわすとは思わなかったんだよ……。

驚いているのを顔には出さずにこんにちは、と挨拶してスルーしようと思ったら頭を摑んで止めるんだもん。

「で、何しに来やがったんだ？　うちは今祭りのせいで大忙しだぞ。家に侵入した馬鹿の相手をしてる暇なんざねえ。それなのに……なんで俺の家で俺が威嚇されてるんだ？」

大忙し……？　ダーウィンは忙しそうに見えないのだが、この男はアインズヘイルのお祭りのどの分野で忙しくなるのだろうか？

あとシロ、じゃれてるだけみたいなものだからふーっと、毛を逆撫《さかな》でなくていいぞ。

多分今日は大丈夫だ。

でも助けてほしくなったら助けてくれ！

「えっとメイラに食材の発注をお願いしようと思って……」

「なんだメイラに用だったのか。ならいいか」

「いいかではありませんわ………」

「あ、メイ……ひぃ」

え？　ええ？　メイラかと思ったら柳の下に出てきそうな人がいる！

誰？　メイラ？　嘘だ！　メイラはもっと綺麗な髪の……メイラ、幽鬼になっちゃったのか……？

「お義父様《とうさま》……。私二日寝ていませんの。丸二日！　寝ていませんの！　お義父様は昨日寝ましたわよね？　私に仕事を押し付けて寝ましたわよね！」

あ、ただ単に寝不足でボロボロになっていただけのようだ。

普段優雅な感じがする分だけ余計に酷《ひど》い状態に見えたようだ。

「そりゃあおめえ、案件がお前達に任せているリゾート地なんだからそっちに投げるだろう。俺関係ねえし」

「またアレですの……？　それならダーマにやらせてくださいな！」

「あいつ今設営の話し合いで家にいねえし、帰ってきてもすぐ出ていっちまうじゃねえか」

ダーマも祭りで働いてるんだな……つまり今日はいないんだな。

何故《なぜ》だか少し安心できた。

それにしてもリゾート地って、開発か？

メイラとダーマで？

ほぉ……そういうこともやってるんだな。

「それにこいつの依頼はどうやら祭りで使う食材のようだぜ？　お祭りの責任者の一人としては受けざるを得ないだろ？」

あれ？　俺お祭りで使うって言ったっけ……？

一を聞いて十を知るとは言ったものだが、やはりダーウィン。

これくらいのことならばすぐに察せると……。

「更に言えば……こんな状態のお前に仕事を任せるんだ。こいつは義理がわかってるから、後々便利に使えると思えば発注依頼くらい安いもんだろう？」

「……そういうことを本人の前で言うかね」

「ああ？　本人の前だから言ってんだよ。万が一にもとりっぱぐれねえようにな」

こいつ！　絶対！　性格悪い！　知ってるけど！

せめて案内人さんのような可愛らしさがあれば、上手《うま》いなあとマシに思えるのに！

「はぁぁぁぁぁ……わかりましたわ。それで、何が必要ですの？　もう開催まであまり時間もないので、多くの種類を大量に頼まれても全種類が間に合うかわかりませんわよ」

「あー……ザラメが欲しいんだが……」

「ザラメだけですの？　それなら、問題ありませんわ。そういえば、貴方《あなた》は新作のお菓子を出すのでしたわね。領主様が嬉しそうに宣伝していましたわよ。『お兄ちゃんが超絶絶品異世界お菓子を作ってくれるぞおおお！　ひゃっほおおお！』って、街で走り回ってましたわ」

あいつは本当に何をやっているんだろうか……。

領主だよな？　領主が街中でひゃっほおおおとか叫びながら走り回る街がいったいどこにあるのだろうか……。

この前野菜売りのおばさんの話で見直したのがゼロに戻ったわ。

本当、この世界にリコールが無いのか調べたくなるな。

「そんなに期待されても困るんだがな……」

絶品って言ったってわたあめって甘いだけだしな……。

見た目や食感にはインパクトはあるが、一度のお祭りで一つ食べれば満足するようなもんだぞ。

「しますわよ。私が忙しい時に仕事を増やすような方がいったいどんな絶品なお菓子を作るのか楽しみにしていますわ。ああ、勿論、たとえ絶品であったとしても貸しは一つですからね」

また恐ろしい人物に借りが一つ増えてしまった！

ヤーシスに引き続き一体何を要求されるのだろうか……。

……魔道具一個作るとかで済まないかな？

最終章　お祭りまであと僅か

(I wish)


来客を告げるベルが鳴り、誰もいないので俺が外に出るとそこには見知った二人の女性が茫然《ぼうぜん》と立っていた。

「テレサと副隊長……？　どうしたんだ？」

「はあ……家を持っているとは聞いていたでやがりますが……」

「家っていうか、豪邸ですよ隊長……」

門の前に立つ狸人族《りじんぞく》の女の子の横で我が家の全体図を眺めているようである。

以前も豪邸と言えなくはないと思うが、アイリスによって改築されたことにより豪華に進化し、更には同じ敷地内に建物が三棟もあれば驚くのも無理はないか。

「三つとも主《あるじ》さんの家なのでやがりますか？」

「あー……いや、あっちとそっちはアイリスの持ち物だよ。俺の家はここだけ。庭は共有かな？」

「アイリス様の……なるほど。随分と気に入られたのでやがりますな」

俺をっていうよりもアイスがメインだと思うけどな……。

「ぬふ……ぬふふ。主さん……いえ、ダーリンさん！」

「なんでこういう時だけ呼び方を変えるんだ副隊長。考えが瞳に出てるぞ副隊長」

普段は主さん呼びのくせに現金だな……。

文字通り目の色を……というか、瞳に『富』の字が映っている気がする。

「いやあん！　他人行儀ですよう。私のことはハニーと呼んで――」

「せっかくアインズヘイルに来たんで改めて挨拶をと思ったのでやがりますが……あ、お土産でやがります。と言っても、主さんにはこっちのがいいかと思って薬草類でやがりますが」

「お、ありがとう。ん？　これは……？」

薬草類に交じって瓶が入っているのだが、随分と良い容《い》れ物《もの》に入っている。

「それは教会が作る聖水でやがりますよ。余分に作ったんでお裾分けでやがります。まあ……本来は正式な依頼を受けて管理されて製作するものでやがりますがね」

「いいのかよ……」

「まあこれくらいなら友誼《ゆうぎ》で問題ないでやがります。王国の筆頭錬金術師であるエリオダルトにも友誼で渡すことはあるでやがりますし、問題ないでやがりますよ」

王国の筆頭錬金術師……っていうと、もしかして俺の部屋にある空気清浄機を作った男だろうか？

確かダーウィンが王国御用達《ごようたし》の錬金術師が作ったと言っていたから、筆頭ということは関わっていることは間違いないだろう。

そして、聖水か……なるほどな。

魔石だけじゃあ原理的に空気清浄機能は不可能だと思ったが、聖水を用いているという訳だ。

「どうでやがりますか？」

「ああ。面白そうなものを持ってきてくれて嬉《うれ》しいよ。今皆は出払ってるが、お茶でも出すから入ってくれ」

「いえいえ、お構いなくでやがりますよ」

「まあまあ。一人で暇なんだよ」

「……なら少しだけお邪魔するでやがりますよ」

「わあ……安定のスルーですね。ええ、ええ良いですとも。私にはおっぱいがありますし……まだチャンスはいくらでもありますし……」

副隊長が何かぶつぶつと言ってはいるが、付いてくるのでお茶はするみたいだな。

とりあえず二階のリビングへと案内し、ソファーに座らせるとテレサがそわそわし始める。

「どうした？」

トイレかな？　とは思ったが、女性にそれを指摘するのは紳士的ではないので、質問を大雑把にしておく。

そう。俺は気づかいが出来る男だからな。

ちなみにトイレは一階だぞ。

俺が錬金を駆使して、元の世界の洋式トイレになっているからな。

ウォシュレット体験者としては、ウォシュレットが無いトイレは厳しかったので作ったのだが、なかなか好評だぞ。

いまだにソルテは使うたびに「ひゃう！」って言うから、わかりやすいが……。

「ああ、いや……男性の家にお邪魔するのは、依頼以外では初めてでやがりまして……。ちょっと落ち着かないのでやがりますよ」

「緊張も遠慮もしなくていいよ。我が家だとでも思ってくつろいでくれ」

「はいはーい！　じゃあじゃあ主さんのお部屋はどこですか？」

「……副隊長は大人しくしとこうか？」

「なんでですか!?　隊長には優しい言葉をかけたくせに私にだけ酷《ひど》い！　まだ何もしていないのに！」

まだとか言っているからテレサと違って信用など出来ないことに早く気付くべきだ。

吐いた唾ではないが、吐いた言葉だって飲み込めないのだからよく考えてから発言することを覚えた方が良いと思うぞ。

「……ちなみに、俺の部屋を見つけたらどうする気なんだ？」

「それは勿論《もちろん》ダーリンさんのベッドでごろごろして私の匂いを付けるんですよ。枕からシーツから私の匂いがして、そこでダーリンさんが寝ることにより私を意識すること間違いなし！　マーキングは生物学的にも有効です！」

うん。やっぱり教えなくて正解だったな。

「テレサ、副隊長頼むぞ」

「任せるでやがりますよ。変なことをしそうになったら物理的に大人しくさせるでやがります」

「おう。それじゃあ、お茶淹《い》れてくるよ」

さて、確か買い置きにしておいた良い茶葉があったはず。

茶菓子は……無難にクッキーと、後はプリンでも出すとしようか。

前回のアイリスのところのパーティーでは副隊長が美味《おい》しそうに何個も食べていたしな。

美味しいプリンを食べれば副隊長も大人しくなってくれることだろう。

「お待たせ……って……何があったんだよ」

「あうあうあうあ……」

ちょっと一階に降りていただけなのだが、どうしてソファーで座ったままぐったりしているんだ副隊長。

よだれがなかなか立派なおっぱいにしたたり落ちそうな程ノビているようだが……横のテレサがしれっとしているのできっと変なことをしたんだろうな。

「もう何かしたのか……」

「はっ！　うう、酷い目にあいました……。全部の部屋を開ければ男臭い匂いでわかると思ったのに酷いですよ隊長！」

「酷いのは副隊長の頭の中でやがりますよ」

「大人しくお茶しようぜ……」

「わあ！　前回食べたプリンですね！　わかりました！　これを食べている間は大人しくします！」

いや、食べ終わってからも大人しくしておきなさいよ。

貴女《あなた》総合面で見ればかなりバランスの取れた外見をしているのに、どうしてこう中身が伴わないのかな？

素敵な旦那さんを手に入れたいのなら、落ち着きを手に入れればすぐだと思うよ？

『リーン　リーン　リーン』

っと、また来客か？

「すまん。誰か来たみたいだから見てくるわ。先に始めてくつろいでてくれ」

「はーい！　行ってらっしゃーい！　はっ！　今のちょっと新婚さんっぽくなかったですか!?」

「そーでやがりますねー」

面倒くさくなったのか棒読みのテレサを背中にして玄関まで歩く。

通知音は門の方ではなく玄関……ってことは、知り合いだろうな。

『リーン　リーン　リーン』

「はいはい今出ますから、ちょっと待ってくだ……」

扉を開け、目の前に見えたのは肌色と肌色が横に並び縦に線のある圧倒的なまでのおっぱいだった。

「なっ……」

「む？　飛び込んでくるとは……そんなにこれが好きなのか？　ほれ」

「むぐぅ！」

ぎゅっと抱きしめられることにより、圧倒的なおっぱいへと吸い込まれるようにして顔が埋まっていく。

頭部の60％が覆われているかのような感覚、頭がおっぱいで包み込まれ、やがて脳が蕩《とろ》けていくかのような感覚に……って！　やばいって！

「む、また人の尻をビシビシと……こやつめ不敬罪で帝国に連れて行ってしまうぞ？」

「むぐううう！」

この人力強……いや、俺が弱いのか？

それとも俺の意志力が弱いのか？

いや、今はそんなことを言っている場合ではない！

このままでは前回の二の舞だ！

あ……でもこれはやばい……。

「あんっ。むぅ……今度は力いっぱい揉《も》みしだくだと……？」

「あ、あのシシリア様！　多分このままだとまた窒息させてしまうのでは？　というか死んでしまいかねませんよ！」

「ああ、そうだったな」

するっと力が緩み、とっさに離れて大きく息を吸う。

すぅううはぁぁぁぁぁ……危なかった。

また身を任せてしまいかねないところだった……。

「だ、大丈夫ですか？」

「はあ……はあ……何とか……」

「すまんすまん。だが、我の乳を堪能し、尻を好きにさせたのだから許せ」

おっぱいの感触を顔面で味わった覚えはあるが、感触自体は息を吸うのに必死で忘れてしまったよ。

尻の方もただ柔らかかった、というシンプルなものしか覚えてないっての……。

まあ許すけど。ありがとうございました！

「はぁぁぁ……それで、どうしたんですか？」

皇帝の姉君でもあるシシリア様と、その護衛であるセレンさんが俺の家の玄関にいる。

うん。十分異常事態だな。

俺、平民、っていうかなんで家知ってるの？

「たまたま通りかかってな。寄り道というやつだ」

「たまたま……」

たまたま通りかかるのだろうか……？

ここ、アインズヘイルの内部の中でも割と僻地《へきち》だぞ……？

「ほれ、そこに用があってな。たまたま通りかかるだろう？」

そこと視線を向けられた方を見ると、あるのはアイリスの家。

「ああ……なるほど。たまたまというか、必然的に目の前を通った訳ですか」

俺んちの正面に門があるから、どうしたって俺の家の前を通るわけだ。

というか、アイリスもシシリア様もアインズヘイルに来ていたんだな。

「うむ。聞けばお主が隣に住んでおるとあやつが自慢していたのでな。まるで飼い猫が懐いているのは自分だけだと言わんばかりであったから、ちょっかいを出しに来た」

「……そういうこと自分で言っちゃうんですね」

「家に邪魔する理由がないのでな」

「あ、家入るんですね……」

「まああ、茶の一杯くらいは飲ませてくれ」

「すみませんすみません。お茶一杯で帰りますから、お願いします……」

あー……セレンさんが必死に頭を下げているところを見ると、この人はきっと言い始めたら聞かない人なのだろう。

まあそれは、前回出会った時になんとなく感じてはいたけれどもね。

仕方ない……。

「先客がいるんですが……」

「我は構わぬぞ！」

「あー……まあ、あっちもダメとは言わんだろうな……。わかりました。ようこそ手狭な我が家ではありますが、どうぞごゆるりと」

「そうかしこまるな。我は突然の客故、適当でよい適当で」

そんなこと言われても無理があるっての……アイリスのように気軽になんて出来ないんだよ……。

なにかあって国際問題とか絶対に御免だからな。

何も起きず、平穏にきゃっきゃうふふとお茶を飲んで終わる。

それが今のＢＥＳＴ！　俺の願望！

「ひゃっはあああ！　見てくださいよ隊長！　ほらほらこれ絶対ダーリンさんのパンツですよ！　何の生地なんでしょうか？　物凄《ものすご》く伸びますよこれ！」

「いい加減にするでやがりますよ副隊長！　男のパンツに顔を近づけて匂いを嗅ぎ、その後雄叫《おたけ》びを上げながら振り回すシスターがどこにいるでやがりますか！　さっさと元の場所に返してくるでやがります！」

「元の場所って恐らく女性の部屋でしたよ？　つまりこれはダーリンさんも気づかぬ代物。参考に持ち帰っちゃいますか？」

「なんの参考でやがりますか！っていうか、窃盗でやがりますよ！　人の部屋に勝手に入るのも言語道断でやがります！」

「違いますよ！　部屋がたまたま開いていて中を覗《のぞ》いたら足元にあったんですもん！」

……俺に平穏は訪れないようになっているのだろうか？

なんでこんな……ああ、プリンは食べ終えたのね。

そしてそれは三日前に無くなったと思ったマイトランクス……。

「ふむ……まさかお主の客が教会騎士団の隊長と副隊長とはな……。つくづく興味が尽きぬなお主は」

「っ……シシリア様!?　何故《なぜ》ここに!?」

「なああ!?　シ、シシシ、シシリア様ぁ!?」

俺が来たことに気付くよりも先に圧倒的なまでの存在感を放つシシリア様に気づいたか。

そしてやはりシシリア様を知っていたのかすぐさま膝をつき、頭を垂れて礼を尽くす。

その一連の動きを見るだけで、普段はきっちりとしているのだと納得できるほどに鋭敏であった。

……ただ、副隊長は俺のパンツを握ったままである。

「良い良い。頭を上げよ。我も公務ではない故気にするな。それに、先約はお主達《たち》なのだから無礼講で良いぞ」

「「はっ！」」

おお……返事だけでびりっと来るような、堂々としたものがある。

副隊長はパンツを握ったままだが、堂々としてるな……。

「ふうう……それで、なんでシシリア様がここにおられるのでやがりますか？」

「相変わらず面白い話し方だなテレサ。なあに、暇つぶしよ」

「も、もしかしてダー……主さんとお知り合いで……？」

「うむ。尻を叩《たた》かれ揉まれた仲よ」

「なっ……」

何てこと言うんだこの人は！

事実ではあるが、それだけの関係ではないはずなのになぜそのチョイス！

「……とんでもない男でやがりますね」

「うわあ……すご……。恐れ知らずです……。おっぱいだけじゃなくてお尻もお好きなんですね」

「不可抗力だっ！」

そりゃあ俺だって皇帝の姉君の尻を叩いたなどと聞けば、とんでもない恐れ知らずだとドン引きするだろうさ。

だが、実際どんな状況で起きたことだかは想像できないだろう。

おっぱいで窒息しそうになって無我夢中だったとか誰も想像してくれないだろう……。

「はあ……お茶とお茶菓子持ってきます……」

とりあえず、シシリア様とセレンさんのお茶とお茶菓子を取りにいこう……。

「あ、私もお代わりお願いします！」

「あいよ……。テレサの分も持ってくるよ」

「ああ、いや私は……お願いするでやがります」

一瞬迷ったようだが甘味には抗《あらが》えなかったようだ。

いいよいいよ。遠慮なくいこうぜ。

「あ、お手伝いします！」

「大丈夫。セレンさんもゆっくりしててください」

大した量でもないし、セレンさんもお客様だからな。

さて、お茶はさっきので良いとしてお茶菓子はどうしようか。

お代わりとはいえ同じものでは詰まらないだろう。

だが、どうせならシシリア様にもプリンを食べてもらいたいし……となると、アレを出すか……。

「お待たせしました。プリン・ア・ラモードです」

プリンにフルーツを盛り、更には生クリームまで添えたスペシャルプリンである。

「おお！　豪勢になってます！」

「見た目だけじゃないぜ？」

シシリア様から順に目の前に並べていき、最後にセレンさんの分も置く。

するとセレンさんはシシリア様にまず確認をし、俺にも視線を向けどちらも微笑《ほほえ》んで頷《うなず》くととても嬉しそうに笑顔を見せ匙《さじ》を取った。

「では、頂くか」

銀の匙をシシリア様が……って、味見必要ないのか？

と、俺の視線に気づいたのかシシリアが笑い、プリンを口へと運ぶ。

どうやら信頼はされているらしい。

……それか、セレンさんが忘れているかだろう。

「む……ぷるぷるしていて、口の中で溶けるようだ。卵の味も良くわかり、甘くて美味《うま》い」

「あれ？　さっきよりも甘く感じませんか隊長？」

「そうでやがりますね。さっきよりも上品で甘いでやがります」

「ああ。シュガーベルチキンから生まれるシュガーベルエッグを使っているからな。元々の甘さだけでも相当だろう？」

シュガーベルチキンの産む卵は甘く、あの卵だけで卵焼きを作ればお弁当に入る砂糖たっぷりの甘い卵焼きが出来る程だ。

更に生食が可能な卵の一つであり、一つで500ノールというなかなかお高い卵である。

そんな卵を使ったプリンを中心に据えつつ、こだわりのフルーツや生クリームの異なった甘味さえも一皿で複数味わえるデザートなのだ。

しかもこれらは別々にではなく、同時に食べても合うのだからより特別感溢《あふ》れるものだろう。

「それと……この茶葉は風味が良くて渋みが薄めでプリンにも合うから良ければどうぞ」

意外や意外、プリンに合う紅茶があったので、それも出して楽しんでもらう。

完全に俺は給仕だが、まあこういう日もいいだろう。

「これも手作りか？」

「ええ。プリンは簡単ですけどね」

「はわぁ……美味しいです……。幸せです……」

セレンさんがぽわわわわっと何もない空間を見つめながら震え、プリンの美味しさに感動している姿を見ると、何とも嬉しいもんだ。

「はああ……やっぱりいいなあダーリンさん。ダーリンさんと一緒にいれば、毎日が楽しそうですよねえ。ねえ隊長」

「……知らないでやがりますよ」

「もう照れちゃって！」

「……まあ、楽しいとは思うでやがりますし、優秀なのは認めるでやがりますよ」

「おお。ですよねですよね！　辛《つら》いお仕事、疲れて帰ってきたらエプロンをつけたダーリンさんからのお帰りと温かい食事、食後にはデザートというかデザートダーリンさん！……くはあ！　たまりませんね！　いくらでも働けますよ！」

それは俺が専業主夫になるということだろうか？

適度に錬金をし、家事は面倒ではあるが仕事がないのであれば悪くはない……。

副隊長にしては魅力的な提案をしてくるな。

まあ！　今の生活の方が良いのでお断りさせていただきますが！

「ほう。お主らもこやつを気に入っておるのか」

「そうですよー！……あの……もしかして？」

「うむ。我も気に入っておる」

そう言うとシシリアはソファーの自分の隣、セレンさんとは反対側を軽くたたき、俺に座れと促してくる。

……断る訳にもいかないかと、少しだけ隙間を開けて腰を下ろすことにした。

「うおわ。まじですか。もしかしてもしかするのだろうとは思いましたが、皇帝の姉君に気に入られるとか、何したらそんな幸運に恵まれるんですか？」

別に普通にアイスを御馳走《ごちそう》したくらいなんだけどな……。

でもお菓子を作れば気に入られるとか、そんな簡単な話な訳もない気がしてくるが……。

「まあ、半分はアイリスへの仕返しだがな。だが、この男が作り出すものには興味があるぞ。お菓子でこれだ。錬金術師が本職のようであるが、その腕はいかほどなのかとな」

「それは私も興味があるでやがりますね。A級錬金術師でやがりますし、流れ人が何を作るのかは気になるでやがります」

「あ、そういえばダーリンさんお祭りに出店するんですよね？　何かアクセサリーでも作るんですか？」

「いや、お菓子を出す予定だよ」

「お菓子ですか！　うーん嬉しいですけど、ダーリンさんの手作りアクセサリーも欲しかったですねえ」

「お祭りで出すような値段じゃないだろう……」

基本的にアクセサリーって単価が高い物だし、そこまで売れる物ではないからな？

大体お祭りに数百万ノールを持ってくるという人が少ないだろう。

お祭りなのにアクセサリーを並べるだけで人目には付くだろうが、売れないとか寂しすぎるだろう……。

「ちなみに、作るのは珍しいものなのか？」

「ええ。元の世界のお菓子です。珍しい……といえば、珍しいかな？　まだ試作段階ですけど……」

「ほーう。では、当日を楽しみにしておこう」

「シシリア様もお祭りに参加するんですか？」

「うむ。用事は領主にあったのだが、せっかく祭りが開かれるというのでな。お主も参加するようであるし、楽しませてもらうぞ」

おお……帝国のお偉いさんまで参加するとなると、俺が予想しているよりも大規模なお祭りなのかな？

「そうだ。当日はお主がエスコートを――」

『リーン　リーン　リーン』

「っと、すみません来客みたいなので見てきます」

「ん？　なあに、放っておいても問題あるまい」

「へ？」

「どうせアイリスだ。我がここに来たのに気付いたのだろう」

「おるなー！　入るぞ!!」

遠くからアイリスの大きな声が聞こえ、本当にアイリスだったんだなと驚きつつ足音がだんだんと近づいてくる。

すると、隣に座るシシリアがわざとらしく俺の腕を取り、思い切りおっぱいに押し付けるようにして抱きしめた。

「っ！　やはりか貴様！」

「んん？　どうしたアイリス？　見知った顔に挨拶をして、茶をしているだけだぞ？」

「何度も言うが、こやつは渡さぬぞ！」

俺の横へとやってきて奪い取るように俺を抱きしめるアイリス。

そんなアイリスと睨《にら》みあいをするシシリア様。

……で、その間にいる俺と。

あうあ！　と、叫びながらまだ惚《ほう》けていたセレンさんがソファーからはじき出されたのでスペースに余裕はあるはずなのだが、詰め寄っているのでぎゅうぎゅうである。

……アイリスはアイリスで子供特有の柔らかさなんだよな。

「ふっふっふっふ。我が簡単に諦めるわけあるまい？　そうだ。我から手土産をやろう。セレン？どうした尻をさすって……そんなことよりもアレを出せ」

「痛たた……なんでもないです……。あ、アレの出番ですね！　はいはいー」

セレンさんが腰に下げた魔法の袋をがさごそと漁《あさ》りだし、両手を突っ込んで何やら壺《つぼ》を取り出した。

「ふっふっふ。帝国の新たな菓子である『チョクォ』をお主へお土産だ。まだ王国では正規で流通していない故、とても貴重なのだぞ？」

「これは……チョコ？」

チョクォと呼ばれた壺の中を覗き込むと、中には茶色くねっとりとした粘体が入っており、カカオと甘い香りがむわっと部屋に広がっていく。

「チョコではなく、チョクォである」

要するに、チョクォ＝チョコだよな？

チョコレートのことだよな？

やはりお茶会で話していたチョクォとはチョコのことだったんだな。

王国では見た覚えはなく、帝国の新しいお菓子……これは間違いなく名産品となること間違いなしだろう。

「え、頂けるんですか？」

「うむ。だが、なにやら既に知っているような顔だな」

「ええ、元の世界でとても似ている、とても人気のある物と酷似してますので……」

というか、この世界元の世界と名前が似ている物が多いよな。

チョクォもそうだが、バニラはバニルだし、りんごはリンプル、オレンジはオランゲって……いや、わかりやすいし良いんだけどさ。

「ほう……。つまりは、チョクォを使って新しいお菓子も作れるわけだな」

「勿論。ボキャブラリーがとても増えますよ。ストロングベリーと合わせても間違いないですし……チョクォバニルは外せないですね……」

「なっ……チョクォをアイスと一緒に使うだと……？　そんなもの絶対に美味いではないか！」

「絶対に美味いんだよ。あー……チョコチップバニラとか久しぶりに食べたいなあ……」

あのバニラの中でじわって染みるチョコチップが良いんだよなあ。

パリパリチョコバニラとかもいいよなあ……パクッ、パリッ！ってあの食感と冷たさがまた……。

「うむ！　食べたい！」

「……いや、今は作れないぞ？　バニルアイスを溶かしてチョクォチップを混ぜて固めるだけでも数時間はかかるからな？」

「わらわは待てるぞ！」

「我も待てるな」

いやいや、二人共立場のあるお忙しい二人ですよね？

色々仕事が立て込んでいたりするのではないのですかね？

いいの？　と、アヤメさんとセレンさんに目で確認すると、セレンさんはあははは、とあきらめたように笑い、アヤメさんはため息を一つ吐《つ》いて少し頭を下げてきたので、お願いしますということらしい。

アヤメさんにお願いされてしまっては日ごろお世話になってボコボコにされているのできかない訳にもいかないな……。

「はいはいはーい！　私も食べてみたいですー！」

「こら副隊長。迷惑でやがりますよ。我々は帰るでやがりますよ！」

「ええーいいじゃないですかー！　今日はオフですし、ダーリンさんの新作お菓子ですよ？　次何《い》時《つ》食べられるかわからないじゃないですか！　隊長も気になるでしょう？」

「それは……」

「ほらほらー！　ダーリンさん駄目ですか？　前回させてあげられなかったお礼も含めておっぱいを好きにしていいですよ！」

「なっ……何を言っているでやがりますか！」

うん。本当、何を言っているのだろうか。

そういうことは女性比率約86％の中で言うことじゃないってわからないのかな？

こういう場合大体の被害は俺に来るんだよ？

俺が好きにさせろと言ったわけでもないのに俺に来るんだよ？

「いやだってほら、シシリア様がいる以上おっぱいのボリュームでは勝てませんし……これはもう感触で勝つしかないんですよ！」

「ほう。では、感触勝負と行くか？　我はたとえおっぱいの感触であっても負けぬぞ？」

え、何この流れ。

アイスを作って食べさせるだけで二人のおっぱいを好きに出来るの？

そんなうまい話が……あ、もしかしてこれ夢じゃないか？

なるほど。それなら合点がいく。

さて、そうなるとどこからが夢なのだろうか……？

予想としてはシシリア様の胸で窒息した辺りか……？

それとも、アイリスが来てからシシリア様とアイリスに挟まれた時だろうか？

「ふっふっふ。揉まれたことはありませんが、自分で揉んだ感じ私のおっぱいは凄《すご》いですよ……？」

「大した自信だな……だが、我は負けぬようになっているのだ」

くう、流石《さすが》熱いぜ俺の夢。

何度も言うが俺が好きにしたいと言ったわけでもないのに都合の良いように俺がおっぱいを吟味する話が進んでいく！

「貴様ら……わらわを差し置いて盛り上がるな！　アヤメ！」

「嫌です」

「だからまだ何も言っておらんのだが!?」

「嫌です」

「そもそもアヤメさんのはぱいだ！　おっぱいじゃない！」

「なんと！　くぅ……参加資格すらなかったか……」

「そろそろアイリス様とて怒りますよ？……あと貴方《あなた》は今日のアレを心待ちしていなさい。ぶっ殺して差し上げますから……」

あ、あれ……？　寒気を感じるんだけど夢……だよね？

夢じゃなかったらこんな展開は無いだろう。

だから夢、後で覚める夢のはず……。

この後、ウェンディ達が帰ってきたことによりおっぱいを好きにする話は有耶無耶《うやむや》になった。

夕食をご馳走《ちそう》し、ウェンディ達も含めた全員でチョコチップバニラを堪能。

さりげなくミゼラとセレンさんが仲良しになっており、何事もなく時間は過ぎ去っていったのだが……妙なことに俺の夢は夜中になるまで覚めなかった。

「さあ……始めますよ？　今日は気合を入れなさい？　死にたくなければ……這《は》いずってでも避けなさい」

普段から冷たい声音のアヤメさんの声が今日は一際冷たく、そして直後に走る痛みが、ああ、やっぱり夢じゃなかったんだなと当たり前に実感させてくれたのだった。


天気は快晴、風はそよ風。

わたあめの魔道具の試作品を作ったので、それを実験するには絶好の環境だろう。

「ねえ、どうして外で実験するの？」

「出店は外でだし、同じような環境で試す方が当日変な問題も起きにくいだろうし、もし何かあっても大丈夫なようにね」

「何かって何よ……」

俺の横でミゼラが自身の両膝に手を置いて立ったまま覗き込んでくるが、俺は気にせずにわたため機を組んでいく。

アクセサリーやポーションの製作ではないが、魔道具を見るのもまたミゼラの勉強のうちなのだ。台を用意し、回転させるための回転球体、そして熱するための火の魔石をセットして、更にはザラメを糸状にするためのこまかな穴のあいた回転釜を用意する。

この穴が苦労したんだ……大中小と三種類の穴を用意したのだが、穴のサイズを全て均一にしつつ規則正しく、尚且《なおか》つ他の穴とは連結しないようにするためにとても精密な作業を要したのである……。

もうあまりに細かすぎて最終的には小さ目の穴を一つ用意し、それらを贋作《マルチコピー》スキルで複製して繋《つな》げて作ることにしたくらいだ。

魔力消費はとんでもなかったが、それでもあの作業途中に失敗した時のなんとも叫びたくなる絶望感に比べれば……。

だがもう完成したから！

たとえ複数作ることになってももう既知の魔法陣《エクスペリエンスサークル》ですぐに作ることが出来るから！

ひゃっほうざまあみろってんだい！

「旦那様？」

「っ……んん。それじゃあ、実験スタートだな」

スイッチを押して供給用の魔石から回転球体と火の魔石へと魔力を注ぐ。

すると、徐々に回転釜の速度が増していき、手をかざすと熱風が吹いているのがわかる。

その状態で少し稼働させたままにして様子を見るが、回転釜は安定して規則正しく回っているようだ。

「成功？」

「まだわからないよ。ザラメを入れてみないとな」

メイラに頼んだ大量のザラメはまだ届いてはいないが、普通の量のザラメならば手に入るので実験用に買い込んでおいた物を注ぎ入れる。

すると、あっという間に回転釜内部で砕けて溶けたザラメが糸となって吹き出てくる。

「わああ……」

「これを削った木の棒で巻き取って……と」

徐々に巻き付いていき糸が重なり合って綿のようになっていく。

確かぐるぐる中で回すのは最初だけで、手元で棒を回す方が大きくなったはずだと古い記憶を思い出しながら巻いていくと、少しずつ大きくなってきた。

「んんー……まずまずかな？」

そこまで巨大という訳ではないが、これから繰り返し練習していけばコツを摑《つか》めるだろう。

「凄い……空に浮かぶ雲みたいね……香りも甘くて温かい……」

「食べてみるか？」

「いいの？　ええ、いただくわ」

ミゼラが恐る恐る手を伸ばして棒を受け取り、小さく口を開いてぱくっとする。

「んんーっ！」

どうやら悪くはない出来らしい。

「甘いわ！　それにふわふわで、口の中に入れると一瞬で溶けるの！　不思議だわ！」

興奮気味のミゼラを微笑ましく思いつつ俺も少しちぎって食べてみるが、まあ普通に甘いわたあめだよな……。

確かに美味しいし懐かしいのだが、ミゼラ程の衝撃は残念ながら感じなかった。

うーん……単調なこの味にボキャブラリーを持たせるのであればザラメに果実の香りや味を混ぜてみるのも手だが、まだ実験段階だし後回しかな。

「やっぱり師匠は凄いわね」

「んー元の世界の原理を知ってただけだよ……。ミゼラの言う通り、俺の力じゃないからな」

「もう……意地悪。悪かったわよ……。いいのよ。大事なのはこの世界では旦那様が初めて作った人なんだから元の世界の知識でもいいの。旦那様が凄いの」

「いいのかそれで？」

「いいの。だって、旦那様の錬金の才能と努力があってこそだもの。たとえ他の流れ人も知っていたとしても、旦那様しか作れないのだから旦那様が凄いの」

「んーミゼラがそう言うなら……いいか」

「ええ。ねえ、もう作らないの？」

「いや、まだまだもっと作って試さないと、問題点が出てこないからな」

よし、それじゃあ実験再開だ。

食べきれない分は魔法空間にしまって保存しておくことにしよう。

そこから何個も作ってみたのだが、特に問題はなさそう……と、思っていた矢先に事件は起こった。

カタ……カタカタ……。

「ん？」

あれ？　ザラメを入れたのにわたあめが出てこない……。

ガタガタガタガタ……！

その上変な音まで……って、まずい！

「ミゼラ伏せて！」

「え？　きゃあああ！」

ドゴーン！　と、何故か爆発音が聞こえ、それと同時にわたあめ機が爆散してしまった！

爆発するような素材は使っていないはずなのだが、無残なまでにパーツを四散させて煙を上げるわたあめ機……。

俺はミゼラに覆いかぶさるようにして伏せたのだが、沈殿していたのか大量の飛散した液状のザラメが俺にもミゼラにも結構かかってしまった……。

「あー……失敗か……」

こんなもの出店で起こったら大パニックである。

早急に原因を解明して作り直さないとお祭りには出せないな……。

「ミゼラ、大丈夫か？」

「ええ……旦那様が守ってくれたから大丈夫よ。でも……」

お互いの状態を見合わせると……溶けたザラメがはじけ飛んだせいでそれらを被《かぶ》って髪も服もべたべただ……。

「これは……火傷《やけど》しなくてよかったけどまずはお風呂だな……」

「そうね……そこまで熱くはなかったけど、気持ち悪いわ……」

「だな。ミゼラ、先に入っていいぞ」

はぁぁぁ……とりあえず片づけしつつ、パーツを組みなおして原因解明だな……。

爆発したんならどこが爆発源かはわかるだろう。

「……」

「ミゼラ？　どうした？」

「あのね……旦那様。その……い、一緒に……一緒に入りましょう！」

……………へ？

「いいから！　お風呂場に行くわよ！」

「え、ちょっ……片づけ……」

あまりにも衝撃的な一言に驚いている間に、ミゼラの剣幕に押されて手を引かれ、あっという間に脱衣所までやってきてしまった……。

「あのー……ミゼラ？　無理しなくていいんだぞ？」

「だ、駄目よ……。この家に住むんだもの。これからずっと住むんだもの。ルールには従わなきゃ駄目だもの……」

いや、そんなシリアスな顔をしなければならないことではないんだよ？

ルールっていうか、明確に決めたものでもないし……。

「だ、旦那様は先に入ってて……すぐに行くから……」

「うーん……」

そう言われてもな……と思いつつ、言われた通り俺だけ入るのだが、手を引かれ、脱衣所に来る間に聞いた話によると……。

『ミゼラミゼラ！　自分達はぱい連盟っすよ！』

『……ぱい連盟？』

『そうっすよ！　自分とミゼラのサイズはぱいっすからね！　これでおっぱい同盟とちっぱい連合に太刀打ち出来るようになったっす！』

『……胸のサイズで呼称が違うのね』

『そうっす！　ご主人のこだわりらしいっすよ！　ご主人は変なこだわりやルールがあるっすからねえ。定番で言うとお風呂は一緒なのがこの家のルールっす！』

……と、レンゲが口を滑らせたおかげで今の状況になったらしい。

人一倍真面目なミゼラはルールなら守らなきゃと、俺がいくらそんなルールはない！　と言っても、実際皆とは一緒に入っているので説得力が無いと来たもんだよ。

……まあ、皆と一緒に入れなくなるのは困るんだけどさ。

とはいえ、ミゼラにルールを強要してまでと言われるとうーんなんだよな。

「……お、お待たせしました……」

ああ、本当に来ちゃ……あれ？

「……ミゼラ？」

「な、なに？　あんまり、じろじろ見ないでほしいのだけれど……」

「あーいや……その……な？　タオルは……？」

一生懸命手で隠そうとしていたのだが、二つあるぱいの先と下半身の一部を手で同時に隠すのは難しいだろう……。

そんな体をきゅっと縮こませてはいたものの、丸みを帯びたもの達はばっちりと見えてしまって、隠れている部分があることがなんか逆にエロい……。

「え……あれ!?」

タオルを巻いてくるという発想に思い至らなかったのか、ぐるぐると目を回して焦りだしてしまっているじゃないか……。

尖《とが》った耳まで真っ赤にして、くるっと回って脱衣所の方に急ぐのだがお尻が……。

そして、脱衣所にミゼラが戻ってから少し経《た》ち、流石に恥ずかしがって無理だろうと思っていると、また扉が開く。

「……お待たせしました。ぐす……」

「泣くほどなら止《や》めといた方が……」

「いいの！　お風呂入るの！　皆と一緒がいいの！」

もはや投げやりというか、どうにでもなれというか……辺りを見回して体を洗う場所を見つけると一目散に駆け寄っていく。

皆と一緒か……んんー……ここは言いづらいが、後でばれたことを考えるとなあ……言った方がいいよな？

「……背中流そうか？」

「……皆もしてもらっているの？」

「まあ、一応……」

「……なら、お願い……」

消え入りそうなか細い声でお願いされ、巻いていたタオルをしゅるりと外して椅子の上に座るミゼラに、俺は湯舟から上がって近づいていく。

白くて綺麗《きれい》な背中で線が細いのにぱいは後ろからでも若干主張しているという、抱きしめてしまうと簡単に手折れてしまいそうな背徳感の覚えそうな身体《からだ》。

もしかして、ミゼラが幼少期からしっかりとした食事を取っていれば、まさしくボン、キュッ、ボンのスーパーモデル体形になっていたかもしれない。

「えっと……それじゃあ、行くぞ?」

「は、はい……よろしくお願いします……」

かなり緊張した声色だが、洗うとあらば遠慮はしない。

実際髪にも飴《あめ》が付着してしまっているし、早急に取ってやらねばならないのだ。

「あ……温かい……」

いつも通り、お湯と『めっちゃ泡の出る石鹸《せっけん》』を使って多くの泡を立て、まずは泡をミゼラの体に乗せていく。

今回は普段以上に泡を用意してあげたのだが、見える部分が少ない方がいいだろうという配慮である。

「背中からな」

「ええ……」

白い肌だし、あまり力を入れると紅《あか》くなってしまうかもしれないので慎重に、ゆっくりと布を泡ごしに擦《こす》りつける。

ミゼラは声を出さないように我慢しているようなのだが、俺が布を動かすたびに小さく『ん……』『んぅ……』と声を漏らしてしまっていた。

「はぁぁぁ……ん」

息継ぎのように大きく息を吐き、また息を止めたように口を結ぶミゼラ。

声を出さないようにしているせいで漏れる鼻呼吸の音と小さな漏れ出る声、そして布がミゼラを擦る音だけがお風呂場に響く。

「……もしかして、手加減してる？」

「え？　いや……」

「やっぱり……。レンゲさん達に聞いたら、もっと色々されるって言ってたわ。私だから……遠慮しているの？」

またレンゲか。

いや、達とは言っているが、レンゲはきっと悪気なくどういうことをされるかを嬉々《きき》として話したのだろう。

だが、悪気はなかろうとあいつは後で正座だな。

「でも……そうよね。『一生の誓い《オンリーワン》』は使えていないのだし、どこで護《まも》りの効果が発動するかわからないから怖いわよね……」

「……」

いや、そういう訳じゃないんだけどね……。

ぎゅって抱きしめたりは出来たわけだし……。

とはいえ気を使っていたのは事実であるし、皆と一緒がいいと寂しさを感じさせてしまったのであれば、ここは俺も覚悟を決めるべきだ。

「……すまなかった。皆と同じようにやらせてもらおう」

「旦那様？　ありがとう。嬉しいわ」

一生の誓い《オンリーワン》はハーフエルフを守るための力。

つまりは、悪意や敵意などのそう言った邪《よこしま》な感情を排除する力が働いているのだと思われる。

要するに！　邪な感情が無ければよいのだ！

これから俺が行うのはエロいことじゃない、むしろエロとは程遠い……そう、戦いだ。つまり……。

「……これより、洗闘を開始する」

無心、いや無心ではなく一心である。

俺は今、ミゼラの体を洗うことだけが宿命。

この体に纏《まと》わりつくすべての汚れこそが俺の敵であり、その浄化こそが俺の役目なのだ！

「え？　ひあああ！　だ、旦那様!?　そこ胸……っ！」

双丘たる神聖な場に住み着く汚れを、白き泡を以《もっ》て殲滅《せんめつ》せん。

何人、菌一つ、汚れ一片とてその場に踏み入ってはならぬのだ！

「あっ……旦那様っ……！　駄目よ……強……あれ？　でも、痛くない……」

力加減は慎重に、強ければ守るべきものを傷つけ、弱ければ敵を倒せない、絶妙な感覚を見極めろ！

「あ、はぁ……凄……気持ちいい……あぁ……っ！　だ、旦那様？　今度は背中にぴったりくっついてどうし……っ！　そこはっ！」

最後の砦《とりで》たる大渓谷……ここは大きな要である故に、俺も入念に気合を入れなければ……。

「だ、旦那様？　何その指の動きは……関節どうなっているの？　どうしてそんなにグイングイン各々の指が意志を持っているかのように動いているの？　それでどこを洗うつもりなの？」

俺の今までの経験よ……培ってきた器用さを今魅せる時が来た。

「まさか……だ、駄目よ？　そこは自分で洗うから！」

「心配するなミゼラ……必ず……倒して見せる」

受けてみよ……我が最強の絶技を！

「何を倒す気なの!?　ちょっと戻ってきて旦那様！　いやもう、最悪洗ってもいいから普通に！

ちょっと落ち着いひゃあああ！」

……。

………。

「あ……あぅ……」

……どうして、こうなった。

気づいたらミゼラが床に倒れてぴくぴくと動き、焦点がぼーっとして口を開けてうわ言を呟《つぶや》いている……。

もしかして気が付かないうちに『狂化』スキルを使ってしまったのだろうか……？

だが、ばっちりミゼラについた汚れも先ほどかかったあめも綺麗に出来たはずである。

「ぁぅ……旦那……様？」

「ミゼラ！　気づいたか！　ご、ごめん！　無心というか、洗うのに専念すれば大丈夫だと思って……っ！」

「……起こして」

「はい！」

ミゼラの手を取り体を起こし、床に座らせた状態にしたのだが……顔を合わせてはくれない。

「旦那様？　私、駄目って言ったんだけど……止めてくれなかった……」

「いや、その……聞こえてなくて……」

「そうよね。そんな感じだったものね……。でも、それ言い訳よね？」

「ごもっともです……すみませんでした……」

全裸で土下座です。

この世界で土下座にどれほどの意味があるのかわかりませんが、五体投地よりも謝っている感は伝わると思うので土下座させていただきます……。

「……………ふふ。嘘《うそ》よ。皆にもしているのでしょう？　私がお願いしたのだし、それなら怒れないわよ。勿論……恥ずかしかったけれど、その……皆が言うように気持ちよさもあったし……」

皆にもして……うん。

日に日に撫《な》で術や洗い術が強化されていっているだけであって、同じようなことはしたはずだ。

正直、こんなことよりも戦闘面がもっと強化されてくれるといいのだがな……。

「でも、レンゲさんが言っていたけど、一回大きな衝撃展開があると後は大丈夫になるって本当なのね。もう裸を見ても見られても動じないわ。お風呂、入りましょ？」

……レンゲに感謝しなければいけないいな。

いやでも、正座は勘弁してやるくらいにしておかないと、あいつは絶対に調子に乗るから黙っておこう。

「うふふ……良いお湯ね……。ねえ、こうして皆貴方にくっついて入っているのよね？」

「そうだな……」

ミゼラは本当に吹っ切れたのか、俺の足の間へと入り俺へと体を預けてくるほどになっていた。

リラックスし、俺の視線も気にしないのか体を隠すこともしない。

後ろから見下ろすと後頭部と綺麗な足しか見えないのだが……どうしても一点に目がいき、気になってしまう。

「そういえば……旦那様でも失敗することがあるのね」

「ん……結構多いよ」

「そっか……だから、努力するのよね……」

「……」

「……ねえ、なんで黙るのよ」

「あーいや……。ちょっと気になるところがございまして……」

「気になるところ？　何？」

「いや……耳触ってもいいか？」

「耳って……ああ、旦那様と違って長いから？」

「ああ……」

エルフ……というか、ハーフエルフも含めた特徴としての長く尖った耳。

これがさっきからどうしても気になるのだ。

ファンタジーと言えばエルフ！　そしてエルフと言えば長い耳！

これはどうしたって鉄板であり、獣人の尻尾にも等しき重要なファンタジーポイントなのである。

「耳を触りたいだなんておかしい人ね。でもいいわよ耳くらいなら」

「おお、いいのか。ありがとう！」

先ほど洗いすぎたので駄目かと思ったのだが、大丈夫なようだ。

ありがとうミゼラー！

「では早速……」

「はいはい」

そおっと後ろから両腕を伸ばしてミゼラの耳に触れる。

「おおお……」

「っ……」

少し硬めだろうか？　縁というか、真っすぐに伸びている部分は軟骨のような硬さがあり、先っちょは頂点だからか一番しっかりとしている。

だが、指で弄《いじ》るとくにくにとした触感で、なんとも楽しくなってくるような感覚だ。

更に内側をなぞると人の耳よりも大きい分平らな部分が多く、指の腹全体で触ることが出来、指でつまんで厚さを感じつつ、彫りの深い耳の穴付近へと指を動かしていく。

「この辺りは人とそう変わらないんだな……あ、でも耳たぶは小さいんだ」

「ん……ふっ……んう……」

うんうんなるほどなるほど。

大体気になる部分は触ることが出来たので、やはりお気に入りの先っちょの方をもう少し触らせてもらおう。

なんというか、癖になる触り心地なのだ。

ずっともにもにしていたいというか、優しく挟んで弄っていたい感じなのだ。

「ぅぅ……」

「あー……やばい。楽しい。これははまる……」

獣人の尻尾を綺麗にするために弄っている時のような癖になる感覚に癒される。

揉み、つまみ、撫でるなど、段々と病みつきになって楽しくなってきてしまった。

「だ……旦那様！　も、もう終わり！　終わりだから！」

「ええー。なんでだよー。もう少しだけ……」

ちょうどノッてきたところなのに……。

「駄目！　終わりなの！」

そう言うとミゼラは俺の両手を取って下に降ろしてしまう。

……残念、終わりか。

「えっと、痛かった？」

「痛……くはなかったけど……凄く変な感じがして……。耳とか……触られたことなかったから知らなかったけど、あんな……あんなぁ……」

と、耳を真っ赤にしてミゼラが呟くので今日はもうダメなようだ……。

「もう……旦那様の手は悪い子ね」

そう言うとミゼラは俺の両腕を抱きしめさせるようにして、振り返ると満足気に頷いた。

……まあ、今日はミゼラとの初めてのお風呂をまったり満喫するとして、また今度触らせてもらうとしよう。

「旦那様はもう手を動かしちゃ駄目よ？　そのまま優しく私を抱きしめるの」

「はーい。仰せのままに」

俺のお願いを聞いてもらったのだから、今度はミゼラのお願いを聞く番だよな。

「これでいいでしょうか？」

「ええ。うふふ。お嬢様にでもなった気分ね。はああ。贅沢《ぜいたく》な……幸せな時間ね」

何の曲かはわからないが、鼻歌を歌い上機嫌なミゼラ。

うなじを伝う雫《しずく》や白い背中、上から見下ろすと見えるぽっちや細く長い手足、尖った耳が目の前にあり、ついついぱくっと唇ではみたくなるなどの誘惑が沢山あったが、俺は何とかミゼラの幸せな時間に水を差さぬよう、自制心で制御しようと頑張った。

「ねえ、お風呂上がったらまた実験をするの？」

「ああ。片づけもまだ終わってないしな。お祭りまで日がそんなにないし、完成させないとな」

最悪、副隊長の言うようにアクセサリーを並べるだけになってしまいかねないからな……。正直そっちの方が楽ではあるのだが、せっかくの出店参加だし、楽しみにしている人も多いのでちゃんと参加しないとな。

「そう……。なら、私もそばで見ていないとね」

「ああ勿論。しっかり見て学ぶように。我が弟子よ」

「はい師匠。……次、爆発させて同じようにべたべたになっても身体は洗わせないからね」

「でも一緒にお風呂は入るんだな」

「だって……それはルールだもの。別にいいでしょ……」

きゅっと俺の手を取って自分を強く抱きしめさせるミゼラ。

その行動を微笑ましく、また嬉しく思い、期待に応えて抱きしめると、ミゼラは体を倒して頭を預けてくる。

……もう一度くらいなら爆発させても……と思ったが、普通に危ないのでちゃんと作ろうと思いなおしたのだった。

あとがき

お久しぶりです皆様！　毎度また会えたらと言い続けてなんとノベルス7巻&コミックス3巻発売までになりました！　わーい！　またお会い出来ましたね！　次もまたお会いしたいです！

さてさて、時事ネタですがコロナの影響で、家に引きこもることが増えましたね。

私は基本出不精なので、普段とあまり変わりませんがプラモデルに手を出しました。

最近集中力が低下しているので、集中する癖をつけるためにも何か集中出来る物はないかと探していたのですが、友人に誘われて手を出してしまいました。

最近は凄《すご》いですね。美少女も組み立てる時代なのですね。年を越してから三体目を作り終えてしまいました。

まだストックはあるのですが、作り続けたら執筆が疎《おろそ》かになりそうなので一年をかけてゆっくりと作っていこうと思ってます。

ちなみにフィギュアも集めているのですが、とりあえず下から覗《のぞ》き込んで下着のディティールを最優先で確認するのは一般常識だと思っています。

プラモデルも増えたので飾るスペースを用意しないといけないのですが、ベッドで部屋が半分取られるほどにとても狭いのが最近の悩みです。

それでは、この物語を応援してくださる全ての方々に感謝を込めて、ありがとうございます。

これからもどうかよろしくお願いします。また会えましたら是非是非8巻でお会いしましょう！

作品のご感想、
ファンレターを
お待ちしています

あて先

〒141-0031　東京都品川区西五反田 7-9-5 SGテラス5階
オーバーラップ編集部
「シゲ」先生係／「オウカ」先生係

スマホ、PCからWEBアンケートにご協力ください

アンケートにご協力いただいた方には、下記スペシャルコンテンツをプレゼントします。
★本書イラストの「無料壁紙」　★毎月10名様に抽選で「図書カード（1000円分）」

公式HPもしくは左記の二次元バーコードまたはURLよりアクセスしてください。
▶ **https://over-lap.co.jp/865548709**
※スマートフォンとPCからのアクセスにのみ対応しております。
※サイトへのアクセスや登録時に発生する通信費等はご負担ください。

オーバーラップノベルス公式HP ▶ **https://over-lap.co.jp/lnv/**

異世界でスローライフを(願望) 7

発　　行　2021年3月25日　初版第一刷発行
著　　者　シゲ
イラスト　オウカ
発 行 者　永田勝治
発 行 所　株式会社オーバーラップ
〒141-0031
東京都品川区西五反田7-9-5
校正・DTP　株式会社鷗来堂
印刷・製本　大日本印刷株式会社

ISBN 978-4-86554-870-9 C0093

【オーバーラップ　カスタマーサポート】
電　話　03-6219-0850
受付時間　10時～18時(土日祝日をのぞく)

異世界へ召喚されたキダンが授かったのは、《ギフト》と呼ばれる、能力を極限以上に引き出す力。キダンは《ギフト》を駆使し、悠々自適に異世界の土地を開拓して過ごしていた。そんな中、海で釣りをしていたところ、人魚の美少女・プラティが釣れてしまい——!?

OVERLAP NOVELS

第9回 オーバーラップ文庫大賞
原稿募集中！
イラスト：KeG
紡げ、魔法のような物語！
【賞金】
大賞…300万円
(3巻刊行確約＋コミカライズ確約)
金賞……100万円
(3巻刊行確約)
銀賞……30万円
(2巻刊行確約)
佳作……10万円
【締め切り】
第1ターン 2021年6月末日
第2ターン 2021年12月末日
各ターンの締め切り後4ヶ月以内に佳作を発表。通期で佳作に選出された作品の中から、「大賞」、「金賞」、「銀賞」を選出します。
投稿はオンラインで！ 結果も評価シートもサイトをチェック！
https://over-lap.co.jp/bunko/award/
〈オーバーラップ文庫大賞オンライン〉
※最新情報および応募詳細については上記サイトをご覧ください。
※紙での応募受付は行っておりません。